经|典|流|芳|百|世　　文|学|滋|养|心|灵

译者简介

管筱明,国内大型出版集团资深编审,业余从事法国文学作品翻译。主要译作有《高老头》《欧也妮·葛朗台》《帕尔玛修道院》《吉尔布拉斯》《忏悔录》《狗与狼》《希望幸福的人》《雨果传》《亚森罗平探案精选》等。

Eugénie Grandet

欧也妮·葛朗台

[法]巴尔扎克/著　管筱明/译

全译本

图书在版编目（CIP）数据

欧也妮·葛朗台 /（法）巴尔扎克著；管筱明译
. -- 北京：北京燕山出版社, 2016.10
ISBN 978-7-5402-4285-5

Ⅰ. ①欧… Ⅱ. ①巴… ②管… Ⅲ. ①长篇小说－法国－近代 Ⅳ. ① I565.44

中国版本图书馆CIP数据核字(2016)第243887号

欧也妮·葛朗台
OU YE NI GE LANG TAI

作　　者：	（法）巴尔扎克
译　　者：	管筱明
责　　编：	王梦楠
责任校对：	杜　睿　石　英
封面设计：	唐韵设计
社　　址：	北京市宣武区陶然亭路53号（100054）
网　　站：	http://www.bjyspress.com/
微　　博：	http://weibo.com/u/2526206071
电　　话：	01065240430
传　　真：	01063587071
印　　刷：	北京德富泰印务有限公司
开　　本：	880mm×1230mm　1/32
字　　数：	150千字
印　　张：	6.5
版　　次：	2016年10月第1版
印　　次：	2016年10月第1次印刷
定　　价：	20.00元

出版发行： 北京燕山出版社 YSP BEIJING YANSHAN PRESS

版权所有 盗版必究

译本序
Preface

　　这部长篇小说完成于1833年12月,是法国19世纪伟大作家巴尔扎克《人间喜剧·外省生活场景》中的第二部,也是最重要的一部作品。小说出版以后,引起很大反响,读者认为它成功地把19世纪初一个很有特点的外省男人的偏执、一个外省妇女的命运,以及这两个人生于斯长于斯的小城场景错综复杂而又十分完美地结合在一起,给现实主义文学提供了一个光辉的典范。

　　小说的主要人物之一葛朗台是个描写得十分成功的吝啬鬼,与莫里哀笔下的阿巴贡一起,被称为法国文学中的两大"抠"鬼。他本是一个穷困潦倒的角色,在法国大革命时期抓住机会,先是发了财,后又从了政,当了市长,权势炙手可热。帝国时期,他因有"红帽子"之嫌被免职。官位虽然丢了,财产却没有损失。"堤内损失堤外补",天主照顾他,让他接二连三地得了几笔遗产,一时间成了小城的"新贵",第一纳税大户。全城人都说他富得流油,说他有一个堆满金币的暗室,他每天半夜起来,都要到暗室瞧一瞧。看到满库的黄金,乐不可支,连眼睛都染上了金子的光彩,黄澄澄的。葛朗台到底有多少财产,恐怕只有公证人清楚。

　　葛朗台虽然富甲一方,但是开销十分俭省,肉食水果等,都是向佃户索要。家里的用度非常节约,每顿吃的食物,每天点的蜡烛,他都亲自定量核发;每年到11月初屋里才生火,到3月底就得熄火,不管秋凉如何似水,春寒如何料峭,他给妻子的零用钱每次不超过六法郎;多年来给女儿陪嫁的压箱钱总共只有几百法郎。至于女仆拿侬,一年的工薪只有六十法郎,帮佣了二十年,才从主人葛朗台那里得了一只旧表。那是她到手的唯一礼物。可怜的拿侬老是赤着脚,穿着破衣衫,睡在过道底下的一个昏暗的小房间里。

葛朗台这个"抠"鬼具有明显的时代特征。阿巴贡那个吝啬鬼是封建时代的吝啬鬼,只知守财。而葛朗台则是法国转型时期的吝啬鬼,善于利用时代提供的一切条件发财、积财,使财产增值。首先他会赚,趁革命政府处理教会资产时,通过贿赂,用很小的代价取得了很大的资产。其次他会投资,看中的项目为他带来较大的收益。再者他更会投机,他看准机会抛售树木和葡萄酒,就是成功的例子。可以说他是乱中发财,趁社会的大动荡大变革掘金的典型。

乱中充满机会,也充满风险。乱中发财是本事,但乱中守财更要本事。葛朗台先生的"抠",是出于本性,但更是时势所迫。因为在那个大分化的年代,社会变故、人生起落让他明白了什么叫"倏忽乘风搏羽翼,须臾失浪委泥沙",财富的流动则让他知道了什么叫"富来针挑土,穷去浪推沙"。革命时期大户人家被抄没、被革命的景象深深地印在他的脑海里,生意场上破产者的凄惨命运亦让他时时心惊胆战。所以他的全部生活激情、人生动力,甚至整个人生的信条,就是"看见金币,拥有金币"。看见金币是要把它赚来,拥有金币是要把它守住。他其实还算是一个负责的父亲,非常喜欢独生女儿,因为她是他的"继承人",但是他对金钱的爱好却远远超出了对女儿的喜爱。钱就是命。他只看重利益,根本没有考虑过家人的幸福。

不过,以现在的观点来看,这个吝啬鬼有一点还是应该肯定的,就是讲究商业信誉。他不欠债,把破产看成是人生的最大耻辱。在这一点上他比当下许多人要强得多。他弟弟在巴黎破产了,把侄子托他照顾。他对这位侄子虽不感兴趣，却要公证人通过商务裁判所来阻止破产清算，因为这会败坏他们这个家族的名誉，尤其是他本人的商业信誉。而他女儿继承遗产以后，第一件事就是拿出四百万偿付叔叔的债权人。

　　本书的另一个主要人物是葛朗台的女儿欧也妮。这个可怜的外省姑娘是在节约、阴暗、忧郁和压抑中成长起来的，一生都被父亲的阴影笼罩着了。葛朗台先生长期把她关在深宅大屋里，除了上教堂，很少让她与母亲出门，平时也不让她消费，即使给很少一点女儿家的压箱钱，也不许她花用，只当是寄存在她这里，到时候总要想方设法收回去。女儿到了谈婚论嫁的年龄之后，对她看得更紧，总认为人家看上她，是打他财产的主意。当然，事实也是如此。小城里少有的几户体面人家，看中的不是小葛朗台的品行容貌，而是老葛朗台的钱财。

　　不过欧也妮的人性，如果仅仅是因为父亲的吝啬而受到压制，那还一般化了一点。巴尔扎克了不起的地方，就是把这个家庭的悲剧，提升到了社会的高度。女儿一生的不幸，固然是父亲造成的，但社会也有不可推卸的责任。比如她贻误终身，就是吃了社会风气的亏。当时的社会风气，唯利是图，唯官是靠，巴结上一个大官，好比掘了一座金矿。巴黎的堂弟夏尔来小城投靠伯父，在葛朗台小姐久枯的心里碰撞出爱情的火花。落难之人处处受气，夏尔唯有在葛朗台小姐这里得到一丝温暖。他带着小姐悄悄塞给他的私房钱，跑到海外打拼天下。也算天不灭曹，不懂世事的富家公子竟然发了。可是人一阔脸就变，此时的他早把小城的堂姐忘个一干二净。为了利益，他入赘一个宫廷大员之家。可怜的葛朗台小姐蒙在鼓里，死抱着海誓山盟不放，大好年华就这样过去了。当然，夏尔最后得知自己错过了一门一千七百万巨产的亲事，他当时如何捶胸顿足，大呼悔恨，读者可以想见。

其实葛朗台小姐这种悲剧，从古至今，几乎每天都在上演，不过有大有小，有重有轻，有强有弱，有隐有显。巴尔扎克的不同凡响之处，就是准确地把握和刻画了典型人物的性格，准确地描写了典型环境的场景。他善于通过选择场景、营造气氛，来表达他的思想。

小说发生的地点是在外省。在巴尔扎克的小说里，外省这个概念，往往带有传统、守旧、落后、阴暗、偏僻、小气、抠门、算计等多重意思。在巴黎人热衷于理想、事业，全身心投入革命大潮的时候，外省人则忙着盘算，一心想从革命浪潮中捞取钱财，并且死死地捂住。巴尔扎克曾在本书第一版的序言里提到，每个省都有葛朗台先生。外省与聚财守财之间，有着非常密切的联系。外省根本就是生长土财主、守财奴的土壤。因此在外省小城出现葛朗台先生这样的人物，是非常自然的事情；而把葛朗台先生这个人物安排在外省，也再贴切不过。巴尔扎克通过自己的描写，揭示了外省产生认钱不认人，要钱不要命的守财奴的必然性。

根据巴尔扎克的描写，在外省没有什么隐私可言。一切行为都被人作了精确的算计，街上走过的任何人，都被人作了精心的观察和琢磨。这个特点决定了你在外省，无论做什么事情，都必须不事声张，不动声色，暗中行动。而小城那条阴暗弯曲的街道，葛朗台家那半明半暗的房子，就浓缩了外省的特点，集中了外省的毛病。虽然巴尔扎克对这个典型环境的描写有点冗长，可是它让你感受到了外省的压抑、外省的沉闷氛围，形象地显示了外省生活的麻木、迟钝、无聊乏味。巴尔扎克是在以景喻人。既是换喻，又是隐喻。有那种阴暗的房屋，自然就有葛朗台先生藏金的密室。有那种没有阳光、没有温暖，总是笼罩在阴影里的房屋，才有葛朗台小姐没有阳光、没有生气的生活。

在惨淡悲凉的气氛中，只有葛朗台小姐的爱情给环境抹上了一丝希望的亮色。可是，当夏尔抛弃她时，她的希望就破灭了。"一切都完了。"尽管她带着一连串善行，向天国行走，但并不能掩盖人世生活的失败。她本是为做一个好妻子好母亲而生的，可到头来却没有丈夫和孩子，连家庭都失去了。这要怪谁呢？怪父亲葛朗台先生，怪他的吝啬？然而人是环境的产物。因为葛朗台小姐生活的环境，是一个失去了人性的世界，是没有生气、没有爱的世界。人像动物一样生活在其中，被物化，被动物化了。现在看来，欧也妮生活的世界远比巴黎那个强盗横行的世界更让人不安。因为在那个世界，至少人还可以扮演角色，还可以发挥作用，人还处于主宰地位，而在外省这个世界，金钱是主宰，人退隐于、消失于、让位于金钱利益或者诸如此类的利益。这就是巴尔扎克这部作品的现实主义的力量。

管筱明

目 录
Contents

第一章　资产者的面貌　/001

第二章　巴黎的堂兄弟　/032

第三章　外省的爱情　/051

第四章　吝啬鬼的许愿和情人的起誓　/089

第五章　家庭的苦难　/134

第六章　如此人生　/171

第七章　结局　/192

第一章　资产者的面貌

外省某些城市里,有些房子看上去有些凄凉,和见到最荒凉的旷野、最凄惨的废墟、最阴森的修道院时的感觉一样。修道院的静寂,旷野的枯燥和废墟的颓败,也许这些房子兼而有之。里面的生活起居是那么平静,要不是听到陌生的脚步,窗口会突然探出一个面孔近似僧侣般的一动不动的人,朝生人射来暗淡冷漠的目光,外地人会以为那些房子没有住人。

索漠城里有一所房子,外表就有这种凄凉的成分。一条高低不平的小街,这一头,是这所房子,那一头,直达城市高处的古堡。这条街,夏天热,冬天冷,好些地方黑森森的,已经不大有人来往,可是小石子铺的路面,走上去啪嗒直响,狭窄而弯曲的街面,总是那么清洁、干燥,街边的房子静幽幽的,坐落在城墙脚下,属于老城的一部分。这些,都使这条街引人注目。

在老城,已经有三百年历史的房子,虽是木头造的,却还很坚固,那各个不同的外表,构成了索漠城这一部分的独特之处,引起了考古学家和艺术家的注意。你从房前经过,很难不欣赏那些厚木板档头雕出的古怪图像。它们铺在大多数房子的底层上面,组成一幅黑黑的浮雕。

这里,有些房间横梁上铺着石板,并不牢固的墙上绘着蓝色的图案,木头桁架的屋顶,因为年深月久,而往下弯沉,椽子经过日晒雨淋，已经腐烂翘曲。那里，窗棂破旧发黑，精致的雕刻已经模糊不清，似乎承受不起某个穷女工放的种了康乃馨或玫瑰的棕瓦盆。再过去一点，有的门上钉着粗大钉子，我们的祖先天赋聪明，刻上一些家族的古怪符号，其意义是永远捉摸不出了：或许是一个新教徒在表明自己的信仰，或许是一个旧教徒在诅咒亨利四世。有几个市民也刻上家徽，表示他们出于官绅世家，祖上也曾任过地方助理行政长官的。这一切里面，就包含了法兰西的全部历史。有的地方，一边是摇摇晃晃的房子，那粗糙的墙壁上，木匠曾经卖弄过使刨子的手艺；一边则耸立着一座乡绅的公馆，半圆形石门拱上的家徽，受了从1789年以来历次革命的毁损，还依稀看得出劫后痕迹。

  在这条街上，底层的门面既不是小铺子，也不是大商店，喜欢中世纪生活的人可以在这里发现老辈们简陋的手工作坊。一间间低矮的房子，又大又深，黑森森的，没有橱窗，没有货架，没有玻璃门窗，里里外外都没有装修。实心大门粗糙地包了铁皮，分作上下两截，上截朝里打开，下截安装了弹簧门铃，不停地开开关关。这种潮湿的窑洞式的房子，就靠门的上部，或者屋顶天花板和一堵齐腰高的矮墙之间的空间采光通风。矮墙上安着厚实的窗板，白天取下，晚上装上，再加上铁闩，用螺栓拧紧。货物就摆在矮墙上。那种哄骗顾客的花花玩意，在这里是见不到的。至于摆的是什么货，那要看铺子经营什么品种，或是两三桶盐和鳕鱼，或是几捆帆布和缆绳，或是挂在楼椽上的黄铜丝，或是靠墙放着的一溜桶箍，或是货架上放着的几匹布。你要进去看看？那好，一个干干净净的漂亮姑娘，戴着白头巾，臂膀红红的，立刻放下手中的织物，叫她父亲或母亲来接待你，做一笔或是两个铜板或是两万法郎的生意。至于态度是冷淡是殷勤还是傲慢，那就全看老板的性格了。

你可见到一个卖箍桶材的商人，坐在门口，绕着大拇指和邻居聊天。表面上，他只有一些酒瓶搁板和二三捆做酒桶的木材，可是码头上，他的货栈堆得满满的，向昂热地区的所有桶匠供料。如果葡萄收成好，他知道需要多少酒桶，估算得准确度在一二块桶板上下。出一阵太阳可以让他发财，下一场雨也可以叫他破产：一个上午，酒桶的价格可以涨到十一法郎，也可以跌到六法郎。

这个地区像图尔一样，天气的好坏决定着市场的行情。种葡萄的、有田产的、做木柴生意的、打酒桶的、开旅店的、驾船的，都盼着出太阳。晚上躺下时，就怕明天一早起来听说夜里结了冰。他们怕雨、怕风、怕干旱，可一时又要水，一时又要暖和一点，一时又要阴天多云。在天上与地上的利益之间，永远存在着你死我活的斗争。一只小小的晴雨表，能够叫人愁，叫人喜，叫人乐。

这条街从前是索漠城的正街，从这一头到那一头，"这真是个黄金季节"这句话，被挨家挨户换算成数字。因此个个都会回答邻居说："是啊，天上落金币了啰。"因为大家知道，一天的阳光，一场及时雨能够带来多大利益。在黄金季节，到了星期六中午，在这些勤劳的工匠那里，你别想买到一个铜板的东西。人人都有自己的葡萄园，自己的小园圃，要到乡下去照应两天。在这条街上，买进、卖出、赚头，一切都是预先算计好了的，生意人可以花上大半天工夫，来开玩笑、来观察行人、评头论足、来打探人家的隐私。某家主妇买了一只山鹑，邻居就要问她的丈夫是否煮到了火候。一个姑娘从窗口探出头来，绝不可能逃过三五成群的闲人的眼睛。因此那儿人的想法都是公开的，就是那些黑洞洞的、无声无息的、外人难以进入的房子，也没有什么秘密。

这条街上的生活几乎永远处在光天化日之下，一家子坐在门口，吃午饭，吃晚饭，连吵架斗嘴也在那里进行。街上的行人，没有一个不被他们来一番观察研究，所以从前外地人到外省城市，总免不了挨家挨户给人家嘲笑。许多有趣的故事便是由此衍生而来。昂热居民"噱头鬼"的绰号也是这样来的，因为他们实在擅长开这一类的市井玩笑。

从前，这条街上住的是本地的乡绅。街的高处坐落着古城的世家老宅。如今世风日下，人心不古，可这些世家老宅还可敬地保持着淳朴时代的遗风。发生本故事的那所凄凉房屋，就是其中之一。

走在这条景色别致的街上，连最细小的事件也足以唤起你的回忆，那古朴的气氛，使你不由自主地沉入遐想。顺着弯弯曲曲的街面走过去，你会看到一处阴森森的凹进去的地方，葛朗台公馆的大门，就开在这凹处当中。

在外省是不随便把一个人的家称作公馆的，不把葛朗台先生的身世交代清楚，读者就没法掂量这称呼的分量。

葛朗台先生在索漠城名气不小，其前因后果，没有在外省或多或少住过几天的人，是难以完全理解的。葛朗台先生——有些人还称他为葛朗台老爹，不过这些这么称呼他的老人明显地越来越少了——在1789年还只是一个很富裕的箍桶匠，看书读报，写写算算都可以。共和政府在索漠地区拍卖教产时，他正好四十岁，刚刚娶了一个做木板生意的富商的女儿。他把自己的现金和女人的陪嫁拿出来，凑成两千金路易，上了县城。监督拍卖的是一个蛮横无理的共和党人，葛朗台把老丈人给的四百路易往他那里一塞，就以一块面包的价钱，虽不合理但却合法地买下了这一地区最好的葡萄园、一座古老的修道院和几块分成制租种田买到了手。

索漠城的居民很少有革命精神，在他们看来，葛朗台老爹是共和派、革命党，是个敢冲敢闯的新潮人物。其实箍桶匠一门心思只想着他的葡萄。他被任命为县里的行政委员，于是当地的政治和商业都受到他温和的影响。

在政治上,他庇护从前的贵族,竭力阻止拍卖流亡贵族的财产。在商业上,他向共和军提供一两千件白葡萄酒,得到的回报,是把一家女修道院的上等草场,本来留作最后一批拍卖的产业弄到了手。

在执政府时期,老好人葛朗台当上了市长,不仅把地方管理得井井有条,而且葡萄园的收成更好。到了帝政时期,他又变成了一介平民。拿破仑不喜欢共和党人,另派了一个贵族——一个大地主,一个后来晋封为男爵的人,来顶替这位被认为戴过红帽子的人。葛朗台先生离开市长的宝座,毫不惋惜。他在任期内,已经为了本城的利益,修了几条出色的公路,通往他的地产。他的房子和地产在登记的时候,占了很大便宜,纳的税很少。

自从田产分类定级以来,他凭着精心耕种,使他的葡萄园和庄园成了当地的"头一份",这个习惯术语指的是这里出产的葡萄能够酿出极品好酒。凭这一业绩,他本可以申请荣誉团的十字勋章。

葛朗台先生是在1806年被免的职。那一年他五十六岁;他妻子约莫三十六岁;独生女儿——他们合法爱情的果实,刚满十岁。

或许是老天爷看见他官场失意,想安慰安慰他,在这一年里让他接连得了三笔遗产:先是岳母娘家姓德·拉贝特利耶的德·拉戈迪尼埃太太的,接着是妻子的外公德·拉贝特利耶老先生的,最后是葛朗台先生的外婆冉蒂耶太太的。这些遗产究竟有多少,没有一个人知道。三个老人爱钱如命,一生一世积攒金钱,就图个关起门来看个痛快。拉贝特利耶老先生把投资叫作挥霍,觉得放高利贷获利,不如观赏金币来得实惠。所以,索漠人只凭看得见的收入来估计他们的积蓄。

于是,葛朗台先生得到了新的贵族头衔,那种身份,是我们讲求平等的怪癖永远也抹杀不了的：他成了本地区的"纳税大户"。他的葡萄园有一百阿尔邦，收成好的年份可以出产七八百桶酒，他还有十三处分成制租种田，一座古老的修道院。他把修道院的门窗全都从外面堵死，这样既保存了房子和里面的东西，又节省了修缮的费用。此外，他还有一百二十七阿尔邦的草场，1793年种下的三千棵杨树，正在那里茁壮成长。最后，他住的房子也是他自己的房产。

这是他看得见的财产，大家都算得出的。至于他的资金有多少，只有两个人能大致说出个数目，一个是公证人克罗旭，替葛朗台先生放高利贷的，另一个是德·格拉桑先生，索漠城最有钱的钱庄老板。葛朗台先生同他暗中合作，私分利润。在外省要取得人家信任，挣一份家业，都要行事谨慎，守口如瓶。克罗旭和德·格拉桑自然谨慎透顶，可是在公开场合仍免不了对葛朗台先生表现出十二分的恭敬，旁观的人据此便可估算出前任市长的资本是多么雄厚。

索漠城里人人都认为葛朗台先生家有一个特殊的宝库，一个堆满金路易的秘窟，说他只在半夜才去那里，享受注视一大堆黄金那份不可言喻的快乐。那些吝啬鬼看见老头子的眼睛，相信这是千真万确的事，因为他的眼睛都是黄澄澄的，染上了金子的色泽。一个惯于用资本赚厚利的人，必然像色鬼、赌棍，或者溜须拍马的人一样，眼神自有一种说不出的味道，总有躲躲闪闪、贪婪、诡秘的表情，这些都瞒不过他的同道。这种秘密的语言成了同道之间相互识别和联系的暗号。

葛朗台先生从不欠人家任何东西。作为老箍桶匠，又是种葡萄的老手，什么时候要为自己的收成制作一千只桶，什么时候只要五百只，他计算得像天文学家一样精确。再说生意场上的投机从没踏过空，酒桶比酒贵的时候，他总有酒桶出卖，他可以把酒贮起来，等每桶涨到两百法郎才抛出去，而那些小地主却早在一百法郎的时候卖掉了。这样一个人物，理所当然地得到大家的敬重。1811年，他获得了了不起的好收成，他精明地贮藏在家里，慢慢地卖出去，赚了二十四万多法郎。若论理财，葛朗台先生像老虎、像蟒蛇，伏在那里，蹲在那里，把猎物打量半天，才一跃而起，扑上去，张开钱袋的血盆大口，吞进大量金钱，然后安安静静地躺下，像一条蛇吃饱了东西，沉着冷静地躺着，不急不忙地消化着。

看到葛朗台先生经过，没有一个人不生出一种交织着敬畏的钦佩。试问索漠城中，有哪个人没尝过他那光溜溜的钢爪的滋味？不是这个要买田，从克罗旭先生那里借一笔款子，但要付百分之十一的利；就是那个拿了借票到德·格拉桑先生那里贴现，给先扣了一大笔利息。市场上，或是晚间闲谈中，不提到葛朗台先生大名的日子很少。在有些人看来，这个种葡萄老头的财富是本地的骄傲。不止一个生意人，也不止一个旅店老板得意扬扬地对外地客人说：

"嗬，先生呢，咱们这儿，上百万的有两三家，可是葛朗台先生哩，连他自己也不知道究竟有多少。"

1816年的时候，索漠城最精于计算的人，估计那老头子的地产大约值到四百万法郎；但从1793年到1817年，平均每年的地产收入在十万上下，由此推算，他手上的现金数额，大概与不动产的价值相当。因此，大家打完一盘牌，或是聊了一会儿葡萄，提到葛朗台先生的时候，那些自充行家里手的家伙就说：

"葛朗台老爹吗？……总有五六百万吧。"

要是克罗旭先生或者德·格拉桑先生听见了，就会说：

"嗬！你比我还厉害，我都从不知道他的总数哩！"

有时，有的巴黎客人提到像罗特希尔德或者拉斐特那样的大银行家，索漠人就会问，他们是否和葛朗台先生一样有钱。如果巴黎人哑然一笑，轻蔑地说一声是的，他们便摇着头，面面相觑，满脸不相信的神气。

这样一笔财产给葛朗台的所有行为都镀了金。即使他早先的生活有什么异常之处，给人家当作笑柄，加以嘲笑，那笑柄和嘲笑也早已过时了。他的一举一动，哪怕是最微小的动作，也具有不容置疑的权威；他的话语、衣服、手势，甚至眨眼都是地方上的金科玉律，大家都要仔细观察和研究，就像自然学家在动物身上研究本能的作用那样，终于发现他最琐细的动作，也有高深的不露声色的智慧。于是，大家便说：

"今年冬天一定很冷，葛朗台老爹已经戴起皮手套了：该收葡萄了。"

或者说：

"葛朗台老爹买了不少桶材，今年一定能出不少酒。"

葛朗台先生从不买肉面包。每个星期，那些佃户给他送来阉鸡、仔鸡、鸡蛋、牛油、麦子，这些抵租的食品足够他一家人享用。他有一座磨坊，租给人家经营，租主除了缴付租金，还得为他服务，来他府上取了麦子，磨好后再把面粉和麦麸送回来。他只雇了一个女佣，叫作高个子拿侬，年纪已经不轻了，可是每星期六还得动手做面包。有些租户是种菜的，葛朗台先生便指定他们供应蔬菜。至于水果，他收获甚多，可以大部分出售。烤火用的柴火、砍自田地周围的树篱，或者坏死一半的老树，由佃户劈成小块，用小车送进城。还有心巴结，替他送进柴房，讨得几声谢谢。他的开销，大家所知道的，只有教堂的香火和座位钱、太太和女儿的服饰费、家里的灯火钱、高个子拿侬的工钱、锅子的镀锡费、缴纳的税金、修理房屋和开发经营的费用。他新近买了六百阿尔邦的树林，请林子附近的一位住户照看，答应给些津贴。置下这份产业以后，他才吃起了野味儿。

这个人的举止仪容十分平凡，言语不多，发表什么看法总是柔声柔气，句子简短，像是格言。从他出头露面的大革命年代起，每逢要长篇大论发表演说，或者要和人家来一番争论，他总是变得结结巴巴，搞得对方十分厌烦。人家以为，他之所以说话含糊不清，断断续续，啰啰唆唆，前言不搭后语，是因为没受过教育的缘故，其实完全是假装的，其原因，看过本故事下面某些情节以后，我们便恍然大悟。再说，他有四句口诀，像代数公式一样放之四海而皆准，生活和生意上出了什么难题，只要搬出这四句话，一切便会迎刃而解。这四句话是：

"我不知道，我做不到，我不愿意，以后再说吧。"

他从不说一声"行"或"不行"，也从不写下什么字据。你要跟他说话吗？那好，他右手托腮，肘子抵着左手背，冷冷地听着。可无论什么事，他一旦打定了主意，就绝不再改变。再小的生意，他也得盘算半天。经过一番巧妙的商谈，他已经摸清了对方的底细，而对方还蒙在鼓里，这时他往往回答：

"这件事嘛，我得跟太太商量以后才能定。"

在家里，太太的地位完全像奴隶，可在生意场上，却成了他最方便的挡箭牌。他从不串门走人家，既不吃人家的，也不请人家吃。他从不弄出声响，似乎什么都要节省，包括动作在内。他时刻尊重产权，从不在别人家里乱摸乱动。

然而，他尽管声音柔和，态度稳重，仍不免露出箍桶匠的谈吐和习惯，尤其是在家里，不像在其他地方那样受拘束。

至于体格，葛朗台先生身高五尺，矮矮墩墩，腿肚子周长有一尺，膝关节粗大，肩宽背阔；古铜色的脸盘圆溜溜的，长着麻子；下巴直直的，嘴唇平平的，一口牙齿雪白，两只眼睛不露声色，像是要吃人，像传说中蛇怪的眼睛；额上布满抬头纹，且有一块意味深长的隆凸；一头黄中带灰的头发，有几个年轻人不知轻重，竟敢开葛朗台先生的玩笑，说那是黄金中夹着白银；鼻头硕大，顶着一颗布满血丝的囊肿，一般人不无道理地说，那里面装满了花花点子。这副尊容显示出一种要占便宜的精明，一种勉强装出的诚实，显出他是一个自私自利的人，习惯于把全部感情都集中在聚财攒钱的快乐和他唯一真正关心的人、他的继承人、他的独生女儿欧也妮身上。此外，他的姿态、举止以及走路的架势，总之，身上的一切，都无不显露出生意场上处处成功所养成的自信。因此，表面上，葛朗台先生性格温柔，一团和气，其实是外圆内方，铁石心肠。

　　他的装束始终一样，今天是什么样子，1791年时就是什么样子：一双笨重的皮鞋，连鞋带也是皮的；一年四季都穿呢袜；一条栗色的粗呢短裤，安着银质的腰带扣；一件闪光的丝绒背心，钉着双排扣，颜色一会儿黄一会儿棕；外罩是一件宽摆栗色外套，系一条黑领带，戴一顶宽边帽子。他的手套和警察的一样结实，要用上一年零八个月，为了保持清洁，脱下手套时，他总要吹一吹，掸一掸，再放到帽子边上一处固定的地方。

　　关于这个人物，索漠人所了解的就是这些。

　　满城居民，只有六个人有资格在他家出入。前三个当中，顶重要的要数克罗旭先生的侄子。这个年轻人自从被任命为索漠城初审法庭庭长以后，就在克罗旭这个姓氏之上加上了蓬风的名字，并且努力抬蓬风。他的签名已经是克·德·蓬风了。如果有哪个打官司的人不知内情，仍旧称他克罗旭先生，保准在出庭的时候要为自己的冒失而痛悔。对称他为庭长先生的人，他都予以庇护，而对称他为德·蓬风先生的马屁精，他尤其高兴，满面春风，予以格外的关照。庭长先生三十三岁，有一处名叫德·蓬风（其实叫勃尼封堤）的田庄，每年有七千法郎收入，同时，他还等着接受两个叔父的遗产，一个便是公证人，另一个是图尔城圣马丁教堂的高级神甫。据说这两人都颇有钱财，姑表亲戚众多，本城有婚姻连带关系的就有二十来家，势大财阔，俨然一党，就像当年佛罗伦萨的梅迪契家族。而且，正如梅迪契家族有帕西家族为敌一样，克罗旭家族也有他们的对头。

德·格拉桑太太有一个二十三岁的儿子，她经常来陪葛朗台太太聊天消遣，希望能够撮合成亲爱的儿子阿道尔夫和欧也妮小姐的婚事。德·格拉桑先生是钱庄老板，使出浑身解数，与太太紧密配合，对老抠鬼不断暗中相助，逢到冲锋陷阵的场合，总是及时赶到。德·格拉桑家这三个人当然也有亲戚朋友和忠实的盟友。

克罗旭家族这边，神甫做先锋，公证人做后盾，极力跟钱庄老板争夺地盘，想把那一大笔遗产留给自己的庭长侄儿。克罗旭家和德·格拉桑家暗中争夺欧也妮·葛朗台小姐的斗法，成为索漠城上上下下关注的热点。

葛朗台小姐究竟嫁给谁？是庭长先生，还是德·格拉桑家的阿道尔夫先生？对于这个问题，众说纷纭。有人认为，这两家人，谁也别想得到葛朗台小姐。据他们说，老箍桶匠野心勃勃，想找个法兰西贵族院的议员做女婿，凭他每年三十万法郎的收入，还有谁会去计较葛朗台的过去、现在、将来是不是个箍桶匠？另一些人却说，德·格拉桑先生、太太都是贵族，十分富有，阿道尔夫又是个英俊后生，这样一门亲事，那一介草民，那索漠城里的人都见过靠劳动起家，又戴过红帽子的人还有什么不满意的？除非他已经攀上了教皇的侄子。那些极谙人情世故的人指出，克罗旭·德·蓬风先生随时可在葛朗台先生家里出入，而他的竞争对手却只能在星期天被接待。有的说，比起克罗旭一家子，德·格拉桑太太更接近葛朗台家的女眷，能够向她们灌输某些思想，迟早会获得成功。另一些人则说，克罗旭神甫是天下最会讨好卖乖的人，一边是女人，一边是出家人，真是棋逢对手。索漠城有一位才子说：

"他们实力相当，不分轩轾。"

本地的老辈更了解葛朗台的为人，他们断定，像葛朗台那么精明的人家，绝不会让肥水落入外人田。索漠城的欧也妮·葛朗台小姐，一定会嫁给巴黎的葛朗台少爷，他父亲是做葡萄酒生意的大富商。

对于这种看法，克罗旭和德·格拉桑两派都不同意。他们说：

"首先，他们两兄弟都三十年没见面了。其次，巴黎的葛朗台先生对儿子的期望大得很。他自己是区长、国会议员、国民自卫队的上校、商事法庭的法官，自称跟拿破仑册封的某公爵家是亲戚，早已不认索漠城的葛朗台这家子了。"

方圆百里之内，甚至在昂热到布卢瓦的驿车里，大家都在谈论这个将继承一大笔财富的姑娘，人多嘴杂，什么说法没有呢？

1818年年初，有一件事情使克罗旭派明显地占了德·格拉桑派的上风。弗鲁瓦尔家领地上有古堡、猎场、田庄、小溪、池塘、森林，素为世人所瞩目，价值三百万法郎，年轻的德·弗鲁瓦尔侯爵急需现款，不得不把这所产业出售。克罗旭公证人，克罗旭庭长，克罗旭神甫，加上他们的支持者，多方出动，终于劝阻侯爵打消了分成小块出售的意愿。公证人告诉他，如果分成小块出售，不知要跟中标人磨多少嘴皮，打多少官司，才能拿到钱，还不如整块卖给葛朗台先生，他不但买得起，还能付现钱。公证人这番话把侯爵说服了，做成了一笔特别便宜的买卖。弗鲁瓦尔这块丰饶美丽的侯爵领地，就这样掉入了葛朗台先生的嘴里。叫索漠人大觉意外的是，他打了些折扣之后，竟当即把钱付了。这件事一直传到了南特和奥尔良。

葛朗台先生搭了辆回乡的便车，到古堡视察。以主人的眼光对产业作了一番考察之后，他回到城里，确信这次投资获得了五分利，接着想出了一个好主意，准备把全部产业并到弗鲁瓦尔这块侯爵领地，扩大侯爵领地的规模。为了把差不多已经空了的金库填满，他决定把他的树木、森林一起砍下，把草场上的杨树也采伐了出卖。

作了上面这些交代，葛朗台公馆，这所阴暗、凄冷、静寂，坐落在城市高头，挨着城墙废墟的房子的分量，大家就容易掂量了。

这所房子的门拱和两根门柱，像整座房子一样，用的是凝灰岩，这是罗亚河一带特产的一种白石，质地松软，一般难以用上两百年。风吹雨打，日晒夜露，奇怪地在上面留下了许多大大小小的洞眼，使门拱和侧柱布满法兰西建筑那种虫迹般的饰纹，看上去有几分像监狱的大门。门拱上方，有一长条硬石刻成的浮雕，代表四季的形象已经剥蚀，发黑。浮雕上面，有一块压缝的石头，突出在外，上面胡乱地生长着一些野草，有黄色的墙草、打碗花、旋花、车前草，还有一棵小樱桃树，已经长得很高了。

褐色的大门是用实心橡木做的，干燥得到处开了裂，看上去好像不坚实，其实牢固得很，因为有排成对称形图案的许多铆钉支持。门上开了一个小方洞，装了铁栅，铁棍排得密密的，锈得发红。旁边吊了一只环，套着一柄敲门的锤子，正好对着一枚奇形怪状的大钉子。锤子椭圆形的，像古人所谓的钟锤，又像一个粗大的惊叹号。收集古玩的人细细打量之后，会发现锤子当初刻了个小丑模样,但是用得太久,已经磨平了。

当初开这个小窗口,原是预备在国内争战不宁时期,给里面的人察看来客是友是敌用的,现在那些好奇心重的人,则可以从这个小窗口,看到一个黑幽幽的发着暗绿的穹拱,穹拱深处,有几级参差不齐的石梯,通到花园。园墙厚实而潮湿,处处渗出水迹,长着一蓬蓬瘦弱堪怜的灌木,倒也别有一番景致。这堵墙原是城墙的一部分,邻近人家都攀着它开设花园。

楼下的房间,最重要的是那间"厅堂",直接连着大门的穹廊。在昂热、图尔和贝里这些小城市里,厅堂的重要,外人恐怕不大了解。它同时是门厅、客厅、饭厅、书房、夫人招待近亲密友的内客厅,是日常生活的中心,全家公用的场所。本街区的理发匠,一年两次在这里给葛朗台先生理发。佃户、本堂神甫、专区区长、磨坊伙计上门来,也是在这里受到接待。房间有两扇窗户临街,地上铺了地板,墙上从上到下铺着护壁板,并且饰以古式的线脚。顶上由一根根树木拼成天花板,树木之间的缝隙抹了白沙浆,已经发黄了。

壁炉台上铺着粗糙的白石台面,上面放着一座黄铜老钟,钟体上用玳瑁镶嵌出一些阿拉伯图案。还有一面泛青的镜子,边缘磨得斜斜的,显得很厚,哥特式的刻花钢框上,闪着一圈反光。壁炉两端,一边放一盏镀金的两用铜烛台,逢上节日,蓝色镶铜的大理石底座上,拼上一朵朵玫瑰花似的烛盘,便成了一盏双层多支烛架,平常日子把烛盘一撤,便成了单支烛台。

古色古香的椅子,配着绒绣椅垫,上面绣着拉封丹寓言的图案,不过非得说明,才能看出画面的内容,因为颜色褪了,图像又织补多次,早已模糊难辨了。四只角上都摆着角柜,放置酒菜碗盏,顶上几层搁板已经油腻腻的。两个窗洞的板壁之间,摆着一张乌木旧棋牌桌，桌面上绘着棋盘。桌子上方挂着一只椭圆形的晴雨表，黑边，衬着金漆的饰带。苍蝇如此放肆地在上面叮来叮去，恐怕金漆也所剩无几了。

壁炉对面的板壁上，挂着两幅粉笔画肖像，一幅是葛朗台太太的外公德·拉贝特利耶老先生，穿着法兰西近卫军中尉的制服。另一幅是已故的冉蒂耶老太太，坐在安乐椅上。两个窗户上都挂着图尔出产的红横棱绸帘子，两旁用带着大坠子的丝带挽起。这种奢华的装饰，不合葛朗台一家的习惯，原是买进房子时就有的。镜框、座钟、带绒套的家具、香木角柜等都是如此。

挨门近一点的窗子下面，有一张带草垫的椅子，下面垫了一个木座，为的是使葛朗台太太坐在上面，能看到外面的行人。另外一张做针线活的小桌子，用樱桃木做的，已经褪了色，把窗子下面的余下的空间全占满了。欧也妮·葛朗台坐的小圈椅摆在旁边。

十五年以来，每年4月到11月，母女俩就在这个地方，干着活儿，平平静静地打发着日子。到11月1日，她们才能搬到炉边去干活，那是她们冬天的位置。只有到那一天，葛朗台先生才答应在厅堂里生火，到3月31日就得熄掉，不管春寒是多么料峭，深秋是多么清冷。在4月和10月那些阴冷的日子，高个子拿侬想法从厨房拿些炭火，烧一只脚炉，来给太太、小姐挡挡早晚的寒气。

一家人的缝缝补补，全由母女俩负责。她们起早摸黑，尽职尽责地干着这份女佣的活儿，忙得连欧也妮想替母亲绣一条领子，也得挤出睡觉的时间，还得找些借口来骗取父亲的蜡烛。长久以来，女儿和高个子拿侬的蜡烛，老抠鬼总是亲自派发，就像每天一早派发当天的面包和食物一样。

主人的这种专制，也许只有拿侬受得了。全索漠的人都羡慕葛朗台夫妇找了这样一个佣人。她身高五尺八寸，所以大家叫她高个子拿侬。她在葛朗台家已经做了三十五年,虽然一年只有六十法郎工钱,却被大家认作是索漠城最有钱的女佣了。一年六十法郎,积了三十五年,使得她新近在公证人克罗旭那里存了四千法郎做终身年金。这笔长年不懈的积蓄,看上去数额巨大,做女佣的看到这个六十多岁的可怜老婆子晚年有了口粮,个个都眼红得不得了,却没有想到这份口粮是她辛辛苦苦做牛做马挣来的。

这女人二十二岁的时候,到处都没有人要,因为她的一张脸长得十分可怕。其实这么说也不太公正,如果把她的脸安在一个大兵身上,保不定还会大受称赞哩。可惜人们认为,样样事情都要相宜。她先是在一家农庄看牛,那家农庄失了火,她只好离开,凭着天不怕地不怕的勇气,上索漠城找事做。

那时葛朗台正想娶妻成家,瞧见了在一家又一家门前碰壁的这位姑娘,拿他箍桶匠的眼光一打量,便发现她体格像大力神海格里斯,站在那儿像一棵六十年的老橡树,腰粗背阔,一双手像个赶车的,模样儿又老实,又贞洁。在这样一个女人身上可以得到多少好处,他是心中有数的。那张脸上长满的疣,那红褐色的皮肤,那肌肉鼓鼓的胳膊,破破烂烂的衣服,都没有吓倒箍桶匠,尽管他那时还处在心肠软弱的年纪。他把可怜的姑娘雇下,让她换了衣服鞋袜,供她食宿,给她工钱,也不过分责骂。

高个子拿侬受到这样的对待,高兴得暗暗地哭了,从此死心塌地贴着箍桶匠,由他专横地驱使干这干那。她烧火做饭,浆洗衣服,把床单桌布拿到卢瓦尔河去漂洗,又搭在肩上背回来。她黎明即起,半夜才睡,收葡萄的季节,雇工的饭菜都由她做,还得看着那些想摘漏下的葡萄的人。她就像一条狗,忠心耿耿地保护主人的财产。总之,主人的一切,她都相信;主人那些荒唐念头,她都毫无怨言地服从。

1811年大丰收，收起葡萄来从来没有这样辛苦，再说拿侬已在他家干了二十年，葛朗台才下决心把自己的旧怀表送给她。这是她从他那里得到的唯一礼物。虽说他向来把自己的旧鞋子送给她穿（她穿上合脚），但每个季度换下来的鞋子穿得那么破了，实在不能算作礼物。因为贫困，可怜的姑娘变得那样俭省，终于使葛朗台像喜欢狗一样喜欢她了。拿侬也听凭人家把带刺的项圈套上自己的脖子，她已经不觉得尖刺扎人了。

　　即使葛朗台把面包切得过于节省了一点，她也毫无怨言。家里饮食制度严格，从来没有人生病，这种卫生的好处，拿侬也乐于接受。而且她与主人家已经融为一体，主人笑，她也笑；主人愁，她也愁；主人受冻，烤火，干活，她也受冻，烤火，干活；主仆间这样一种平等，对她是多么大的补偿！她在树下吃些李子、杏子、桃子，主人也从不斥责。有时年份好，果子把树枝压弯了，佃户们把果子拿去喂猪，主人便招呼拿侬："喂，你吃呀，吃呀。"

　　她一个可怜的乡下姑娘，从小受尽虐待，人家一发善心，把她收留下来，对她来说，葛朗台老爹那叫人捉摸不透的笑容，就像阳光一样暖人。再说拿侬心地单纯，头脑简单，只容得下一种感情，一种思想。三十五年来，她总是记着当时自己衣衫褴褛，赤脚站在葛朗台先生作坊门口的情形，也总是记着葛朗台先生对她说的话："乖孩子，想要什么呀？"她心中总是洋溢着感激之情。

　　有时，葛朗台想到这个可怜的好人从未听过一句甜言蜜语，完全不懂女人唤起的种种温馨感情，将来到上帝面前受审，比圣母玛利亚还要贞洁，不由得动了怜悯之心，望着她叹息一声：

　　"唉，可怜的拿侬！"

　　老佣人听了，总是瞧他一眼，目光难以形容。久而久之，这句时常挂在嘴边的话，就成了他们永不中断的友谊的链条，以后每说一句，就在链条上增加了一环。不过，这份宽慰自己的心，却被老姑娘当作诚意的怜悯，不知怎么总有一丝可恶的意味。这份吝啬鬼的残酷怜悯，在老箍桶匠心里唤醒了自己种种享乐的回忆，在拿侬却是全部的幸福。"可怜的拿侬！"这样的话谁不会说？不过上帝一听那语气，一辨那难以捉摸的愧惜，就知道谁是好人。

索漠城里，有许多人家的佣人待遇更好，可是他们对主人仍不满意，于是有人便觉得纳闷：

"葛朗台家到底给了高个子拿侬什么好处，怎么她就对他们那么贴心呢？要她为他们上刀山下火海都会去！"

她的厨房朝院子开了窗户，装了铁栅。厨房里总是清清爽爽的，一尘不染，炉子里也不烧空火，是地地道道的守财奴的厨房，没有一点儿糟蹋。拿侬晚上洗过碗盏，收起吃剩的食物，熄了火，便离开厨房，到过道对面的厅堂与主人们一起纺麻。这样，全家人一晚上点一支蜡烛便够了。老佣人睡在过道尽头一间小房子里，只有一个紧挨着邻家山墙的窗口采光，也多亏她身体结实，才能在这间房子住下去，因为无论白天黑夜，屋子里都静悄悄的，连一根针掉在地上都能听见。她大概像看家狗似的，要竖着一只耳朵睡觉，一边休息一边守夜。

屋子的其余部分，将来叙述故事的有关情节时再做描写。再说，对这间集中了全家奢华的厅堂所做的简略描写，已经能使我们想见楼上的寒碜了。

1819年，秋天的天气特别好，到11月中旬的一天傍晚，高个子拿侬才第一次在壁炉里生火。那一天是克罗旭派和德·格拉桑派都记得清清楚楚的节日。双方六位人马都准备全副武装，到厅堂比试比试，看谁更受欢迎。

早上，索漠人看见葛朗台太太和小姐由拿侬陪着，到教堂去听弥撒，便记起这一天是欧也妮小姐的生日。于是克罗旭公证人、克罗旭神甫和克·德·蓬风先生算准葛朗台一家人吃完晚饭的时刻，急急忙忙赶来，要抢在德·格拉桑一家人前面，祝贺葛朗台小姐生日。三人各捧一大束从小花房采来的鲜花。庭长手上那束，巧妙地在花梗上扎了白缎带子，坠了金流苏。

每逢欧也妮的生日和命名纪念日，葛朗台先生照例一大早就闯到女儿床边，郑重其事地把他那份父亲的礼物交给她。十三年来，那都是一枚稀奇的金币。

葛朗台太太给女儿的，不是一件冬袍就是一件夏袍，依季节而定。这两件袍子，加上父亲在元旦和她自己的生日、纪念日给的金币，合起来大约值上三百法郎。葛朗台先生喜欢看到女儿把这笔小小的收入积攒起来。这不过是把他的钱从一只口袋转到另一只口袋罢了。再说，这也是对他的继承人的关心，从小让她养成俭省的习惯。他时常问一问她财产的数目，那里面有一部分原是老外公拉贝特利耶给的。他总是嘱咐她：

"这可是你的压箱钱哪！"

压箱钱是一种古老的习俗，在法国中部某些地区保留至今，并仍然盛行。贝里、昂热等地方，姑娘出嫁时，娘家或婆家依自家的财力，总得给她一个钱包，里面装着十二枚，或一百四十四枚，或一千二百枚金币或银币。就是最穷的牧羊姑娘，没有压箱钱也是不出嫁的，哪怕拿大铜钱充数也是好的。在伊苏屯，至今还有人谈论，某家有钱的姑娘出嫁，压箱钱是一百四十四枚葡萄牙金币。梅迪契家族的卡特琳娜嫁给亨利二世时，她的叔叔教皇克莱芒七世送她十二枚古代的金质勋章，价值连城。

吃晚饭的时候，父亲看到女儿穿了新衣服，更加漂亮，高兴得不得了，叫道：

"既然是欧也妮过生日,咱们就生壁炉吧!图个吉祥。"

高个子拿侬撤下没吃完的鹅——箍桶匠餐桌上的珍品,说道:

"小姐今年肯定要办喜事了。"

"可是索漠城里,我还没有发现合适的人家哩。"葛朗台太太怯生生地望着丈夫,回答道。可怜的妇人这种年纪,还这样畏怯丈夫,说明夫权对她的压迫是多么深重。

葛朗台先生端详着女儿,快活地叫道:

"今天她满二十三了,这孩子,咱们很快就得考虑她的终身大事了。"

欧也妮和母亲心照不宣地对视一眼。

葛朗台太太又干又瘦,面色蜡黄,行动笨拙迟缓,似乎天生就是受男人欺侮的料。她浑身都大,大骨骼、大鼻子、大额头、大眼睛,乍一望去,隐隐有几分像那无汁无味的棉花泡一样的果子。一口牙齿没剩下几颗,全都发黑了,嘴上皱纹累累,又长又尖的下巴往上翘,像只木底靴。可是她为人极好,是个真正的拉贝特利耶家的女人。克罗旭神甫常常抓住机会告诉她,说她当年并不太难看,她竟然相信。她像天使一样温柔,像被孩子们玩弄的昆虫一样有忍性,一颗虔诚的心,世上少见,灵魂始终平静,心地始终善良,这些使得人人怜惜她,个个敬重她。

丈夫给的零用钱,每次从不超过六法郎。虽说相貌丑了一点,可她把陪嫁和继承的遗产加起来,终究给葛朗台老爹带来了三十多万法郎,却处处受人支配,被人奴役,虽然觉得深受屈辱,可是那温和的性情,又不能使她奋而反抗。她从没有要过一个铜板,也没有对克罗旭公证人要她签字的文件说过半个不字。骨子里一股愚鲁的傲气和高尚的灵魂支配着这个女人的一举一动,可是葛朗台偏偏不了解这个灵魂,总是加以伤害。

葛朗台太太身上，总是一件淡绿色的利凡廷绸袍，一穿就是将近一年；系一条白色的大纱巾，戴一顶草帽，一条黑塔夫绸的围裙永远系在腰上。她难得出门，所以不费鞋子。总之，她从不为自己要点什么。

有时，葛朗台猛然想起，自从上次给她六法郎以来，已经有好长时间没有给她零花钱了，觉得过意不去，就在出售当年收成的合约上附上一条，让买主送几个钱给太太。某个荷兰或比利时的酒商奉上的百把法郎，就是葛朗台太太一年中最可观的收入了。

可是，这百把法郎拿到手后，丈夫往往对她说："喂，借几个钱给我用用，好吧？"好像他们是共用一个钱包似的。可怜的女人平常听惯了忏悔师那一套，什么丈夫是她的老爷、她的主人，乐于能帮他一把。一个冬天下来，好些法郎又流回到了葛朗台手上。

葛朗台每月掏出买针头线脑、女儿衣饰和零用的五法郎，把钱包扣上以后，总忘不了问一句：

"喂，孩子她妈，你想要点什么吗？"

"噢，以后再说吧。"葛朗台太太回答，她感到了做母亲的尊严。其实这种高尚纯属多余，葛朗台先生还以为对太太十分慷慨哩。要是哲学家碰到拿侬、葛朗台太太和欧也妮小姐这些人，不是有理由认为，上帝的本性是喜欢嘲弄人的吗？

在头次提到欧也妮的终身大事的晚餐之后，拿侬上楼到葛朗台先生房里拿一瓶果酒，下来时差点儿摔了一跤。

"蠢猪，"葛朗台先生骂道，"你也不会走路了，你？"

"先生哇，是这一级楼梯不牢了。"

"是啊，早就该修一修。"葛朗台太太说，"昨天欧也妮也差点儿扭了脚哩。"

葛朗台先生见拿侬一脸煞白,便说:

"好吧,今天是欧也妮的生日,你又差点儿摔了跤,就喝一杯,压压惊吧。"

"确实,这杯酒我也该喝,"拿侬说,"换了别人,瓶子早摔碎了,我却是把它举得高高的,就是肘子断了,也不让它碰着。"

"可怜的拿侬!"葛朗台一边给她斟酒,一边叹道。

"伤着哪儿没有?"欧也妮关切地望着她,问道。

"没有,我还是站住了,没有倒地。"

"好吧,既然是欧也妮的生日,"葛朗台先生说,"我就去修一修吧。你们这些人也是,就不会往两头落脚,那里还是结实的嘛。"

葛朗台拿了烛台,到面包房去拿木板、钉子和工具,留下太太、小姐和佣人坐在厅堂里,除了壁炉里熊熊燃烧的火,没有其他光亮。

"要帮忙吗?"拿侬听见他在楼梯上敲敲钉钉,问道。

"不用!不用!我对付得了。"老箍桶匠回答。

葛朗台一边修理被虫蛀坏的楼梯,一边大声吹着口哨,回想着童年往事。这时三个克罗旭敲门了。

"是克罗旭先生吗?"拿侬从铁栅口子上往外一望,便问道。

"正是,正是。"庭长回答道。

拿侬打开大门,壁炉的火光照在门拱里,使三位克罗旭看清了厅堂门口。

"噢,你们是来祝贺小姐生日的。"拿侬闻到花香,说道。

"对不起,先生们,"葛朗台听出了这几个朋友的声音,说道,"我马上就来!我也没有当老爷的命,楼梯坏了,还得自己动手修。"

"你忙你的,你忙你的,葛朗台先生。外面烧炭的,家里当市长。"庭长说教似的说道,独自得意地笑了,却没有人听出他话里的影射。

葛朗台太太和小姐站起身来,庭长趁厅堂里光线暗淡,对欧也妮说道:

"小姐,今天是你的生日,我祝你年年快乐,岁岁平安。行吗?"

说完,他送上一大束在索漠城难得见到的鲜花,然后抓住姑娘的两只膀子,在她脖子两边一边亲了一下,那副讨好的样子,叫欧也妮羞得无地自容。庭长像一只生锈的大钉子,以为这样就是追女人。

克罗旭神甫捧着花,回答道:

"若能跟小姐在一起,我侄子可是天天都过节了。"

神甫在欧也妮的手上吻了一吻。至于克罗旭公证人,大大方方地在姑娘脸上一边亲了一口,说道:

"唉,时光不等人呢。一年有十二个月,年年都如此。"

葛朗台把烛台放回座钟前面,他一旦有了笑话,总是抓住不放,只要觉得有趣,就不厌其烦地说个不休:

"既然是欧也妮的生日,我们就把蜡烛都点起来吧。"

他小心翼翼地拉开双层烛台,在每个底座上安上托盘,从拿侬手里接过一根纸卷着的新蜡烛,插稳,点燃,然后走过去在太太身边坐下,两眼轮流在朋友、女儿和两根蜡烛间望过来望过去。

克罗旭神甫矮矮胖胖,一身肉滚滚的,戴一顶扁平的橙红色假发,看上去像个爱玩的老太婆。他把穿着银扣厚皮鞋的脚往前移了一移,问:

"德·格拉桑他们没来吗?"

"还没有。"葛朗台回答。

"他们会来吧？"老公证人问，扯着那张麻麻点点的脸做了个怪样子。

"我相信他们会来的。"葛朗台太太回答。

"你家的葡萄收完了吗？"德·蓬风庭长问葛朗台。

"全完了！"葛朗台这个老葡萄园主站起来，把胸脯一挺，在厅堂里来回踱步，那副神气，就和说"全完了"一样，充满了自豪的意味。

从通往过道的门里，他看见对面厨房里，高个子拿侬坐在火边，也点了一支蜡烛，准备纺麻。她是不想去凑热闹。

"拿侬，"他叫道，一步跨进过道，"你就不能熄了火，灭了蜡烛，坐到我们中间来？嘿，厅堂大得很嘛，我们全来都坐得下。"

"可是，先生，你们那里有贵客。"

"你怕比他们贱吗？他们还不是和你一样，都是亚当那根肋骨造出来的。"

说完，葛朗台走回来问庭长：

"你们家的葡萄都卖了？"

"没有。说实在的，我还留着。现在酿出的酒好，两年以后会更好。你也很清楚，大伙儿都发誓，一定要稳住物价。今年那些比利时佬别想占我们便宜了。哼，走就走呗，到时还是要回来的。"

"是啊，可是咱们一定要顶住。"葛朗台说，那声调叫庭长打了个寒噤。

"可是他有没有名堂呢？"克罗旭心里嘀咕。

这时门锤敲了一下大门，宣布德·格拉桑一家来到，打断了葛朗台太太和克罗旭神甫刚刚开始的谈话。

德·格拉桑太太是那种身材矮胖、性格活泼的女人，皮肤白里透红，多亏那种修道院式的外省饮食和贞洁的生活习惯，到了四十岁上还显得年轻。她们就像秋末初冬的最后几朵玫瑰，叫人看了愉快，但终究透出一种说不出来的寒意，而且香气也淡了。德·格拉桑太太穿着相当讲究，衣服都是让人从巴黎买来的，索漠城的女人都学她的样打扮。她还常常在家举行晚会。

德·格拉桑先生从前在帝国禁卫军当军需官，在奥斯特里茨战役负了重伤退伍，虽然对葛朗台十分尊敬，却还保持了坦诚的军人本色。

"你好，葛朗台。"他说着向葡萄园主伸过手来，俨然一副高贵气派。克罗旭一家就总是被他这股气派压住。

"小姐，你总是这样美丽，这样温娴，"他招呼过葛朗台太太之后，又对欧也妮说，"我真是想不出什么话来祝贺你。"

然后他从仆人手里拿过一个匣子，递给小姐。里面装着一棵好望角的欧洲石楠树，这种花木刚刚传到欧洲，还十分罕见。

德·格拉桑太太非常亲热地拥抱了欧也妮，握着她的手说：

"我的一份小纪念品，就由阿道尔夫代送吧。"

一个高大的金发青年走上前来，在欧也妮一边脸上吻了一下，递给她一只针线盒子。这年轻人苍白、瘦弱，看上去腼腆、文质彬彬，可是最近去巴黎学法律，除掉食宿，竟花掉了近万法郎。

那只针线盒是银的，表面镀了一层金，是地地道道的蹩脚货，尽管盒面上用花体字刻着欧也妮·葛朗台姓名的缩写，使人以为这是个做工精致的玩意儿。

欧也妮打开盒子，感到一种出乎意料的快乐，那是使姑娘们脸红、战栗、高兴得发抖的快乐。她望着父亲，似乎是问可不可以收下。于是葛朗台先生说了一声："孩子，收下吧！"那庄严的声调若是出自一个演员之口，可以叫他一夜成名。

这种不值钱的礼物，这位女继承人都似乎不曾见过。看到她快乐兴奋地瞧着阿道尔夫·德·格拉桑的模样,克罗旭家的三个人都惊呆了。德·格拉桑先生掏出鼻烟壶,让葛朗台抓了一撮,自己也捏了一撮,把系在蓝礼服纽扣上的荣誉团绶带上的烟末抖一抖,眼睛瞧着几个克罗旭,似乎是在说:

"怎么样?没想到我会来这一手吧。"

德·格拉桑太太带着嘲弄人的女子假装的真诚,寻找克罗旭他们的礼物,扫了一眼蓝色的花瓶,那里插着他们送的鲜花。在这种微妙的情势下,克罗旭神甫扔下围坐在壁炉前的众人,拉着葛朗台走到厅堂里处,在离德·格拉桑一家子最远的窗户前站住,贴着吝啬鬼的耳朵说:

"这帮家伙,在把钱往窗外扔哩!"

"我才不管哩,只要是扔在我的地窖里。"

"你要是想给女儿打把金剪刀也不成问题。"

"我给她的东西,比剪刀要好。"葛朗台回答道。

庭长本来一副褐色的脸膛就不好看,加上一头乱蓬蓬的头发,形象更是恶劣。神甫望着他,心想:

"我这位侄子真是个蠢虫,就想不出一点儿讨人喜欢的小主意。"

"葛朗台太太,我们陪你打牌吧。"德·格拉桑太太叫道。

"大家都在这儿,可以开两桌哩……"

"既然是欧也妮的生日,你们不如都来摸彩吧。"葛朗台老爹说道,"两个孩子也参加。"老箍桶匠从不参加任何游戏,指着女儿和阿道尔夫说,"来吧,拿侬,把桌子摆好。"

"我们来帮忙,拿侬小姐。"德·格拉桑太太说,刚才讨得了欧也妮的欢心,她高兴极了。

"我从来没有这样快乐过。"欧也妮对她说,"我从没见过这么漂亮的东西。"

"那是阿道尔夫从巴黎带来的,他亲自挑的哩。"德·格拉桑太太凑在她耳边说。

"好,好,你尽管拉拢她吧,该死的鬼女人。"庭长心里骂道,"哪天你,你丈夫打起了官司,就别怪我不客气了。"

公证人坐在一旁,沉着地望着神甫,寻思道:

"德·格拉桑他们是白费气力。我的财产,我兄弟和我侄子的,加在一起,有一百一十万法郎。德·格拉桑最多只有我们的一半,而且还有个女儿要嫁。他们想送什么就送什么好啦!总有一天,这姑娘和他们送的礼物,都会落到我们手里。"

八点半时,两张牌桌安排好了。漂亮的德·格拉桑太太居然让人把儿子安排在欧也妮身边。大家抓着花花绿绿的标有数字的纸片,各人面前拢一堆蓝玻璃筹码,便玩起来,表面看去平淡无奇,其实充满利益之争,大家装着听老公证人说笑话,他每摸一张牌,总免不了作一番评论,其实心里都想着葛朗台先生那几百万财产。老箍桶匠自负地把德·格拉桑太太粉红的衣饰和时髦的打扮,银行老板威武的脸相,阿道尔夫,庭长,神甫,公证人,一个个端详过来,暗想:

"他们是为我的钱来的。他们来追我女儿,自讨没趣。哼!这两家人,我女儿谁也不嫁。他们就给我做渔叉,看我来叉一条大鱼吧。"

灰暗陈旧的厅堂里,幽幽地只点着两支蜡烛,竟然也有了家庭的欢乐,大家的笑声和拿侬的纺车声交织在一起,可是那笑声,只有欧也妮和她母亲的才是真诚的,围绕着那样重大的利益,这些小人使出种种卑劣行为,还有这位姑娘,看到这么多人围着她,奉承她,以为他们是对自己友好,殊不知自己受骗上当了,就像那些可怜的鸟,被人标出高价拍卖,自己却一无所知。凡此种种,都使这厅堂里的一幕显得既可悲又可笑。再说这也不过是任何时代任何地方上演的戏剧，只是这里的一幕表现最简单罢了。担任这出戏剧主角的是葛朗台，他利用两家的假殷勤，占了大便宜，有了他，这出戏才生动有趣。单凭他这一副嘴脸，不就把那法力无边的金钱，现代人唯一信仰的神活脱脱地勾勒了出来吗？

人生的温情在此只处于次要的地位，它们只激动了三个纯洁的心灵，这就是拿侬、欧也妮和她母亲。再说她们那样单纯，还不是因为她们蒙在鼓里？葛朗台有多少财富，欧也妮和母亲一无所知；人生的喜忧悲乐，她们只凭模糊的理念之光来评价，至于金钱，她们素来与它无缘，也就既不看重也不看轻。她们无形中受了伤害，而仍然强烈的感情，她们内心对生活的执着，使她们在这一群唯利是图的人中间奇怪地保持了童心。人的状况就是这么可怕，没有一分幸福不是来自懵然无知。

葛朗台太太中了十六个铜板的彩，在这间厅堂里，这可是从未有过的大彩。高个子拿侬看见太太把这样一大笔钱装进口袋，乐得直笑。就在这时候，大门上猛地敲了一锤，声音那么响，把坐在椅子上的女人们吓了一大跳。

"把门这样敲，一定不是索漠人。"公证人说。

"哪有这样敲门的？"拿侬说，"这是想把我们家的门砸烂吧。"

"是哪个鬼东西？"葛朗台吼道。

拿侬拿了一支蜡烛去开门，葛朗台跟在后面。

"葛朗台！葛朗台！"他太太猛地隐隐有些恐惧，朝厅堂门跑过去喊道。

牌桌上的人面面相觑。

"我们一起过去看看。"德·格拉桑先生说，"这种敲门看来不是好事啊。"

话刚说完,德·格拉桑先生便看见一个年轻人,后面跟着运输行的脚力,扛了两个大箱子,拖着几个铺盖卷走进门来。

葛朗台先生突然转过身,对他太太说:

"太太,去,去,玩你们的彩吧。我来招呼这位先生。"

说完他把厅堂门使劲带上。那些不安的客人回了原位,却无心再玩下去。

"德·格拉桑先生,是索漠城里的吗?"他太太问道。

"不是,是个出门人。"

"只可能是从巴黎来的。"

公证人掏出一只两指厚的荷兰战船一样的怀表,看了看,说:

"没错,正好九点。嚄,这驿车倒是从不晚点。"

"这先生是个年轻人?"克罗旭神甫问。

"是啊。"德·格拉桑先生回答,"他带的行李少说有三百千克。"

"拿侬还没回来哩。"欧也妮说。

"也许是你们家的一位亲戚。"庭长说。

"我们下注吧。"葛朗台太太小声叫道,"听葛朗台的口气,好像有点儿不高兴。也许他不愿意听到我们谈论他的事情。"

"小姐,"阿道尔夫对坐在身边的欧也妮说,"准是你堂弟葛朗台,一个相貌堂堂的年轻人,我在德·纽沁根先生家的舞会上见过。"

阿道尔夫没有往下说,他母亲踩了他一脚,高声叫他拿两个铜板下注,然后附在他耳边说:

"大笨蛋!你给我住嘴好不好。"

这时,葛朗台带着客人进了厅堂。高个子拿侬和脚力的脚步声在楼梯上响了起来。几分钟以来,大家都被客人激起了那么强烈的好奇心和想象力,以致他走进厅堂,来到这群人之间,就犹如一只蜗牛掉进了蜂窝,一只孔雀落进了黑乎乎的家禽场。

"到火这边来坐吧。"葛朗台招呼道。

年轻人向大家恭恭敬敬地致了礼,才在位子上坐下来。男客们都站起来鞠躬还礼,女宾则深深地道了一福。

"先生,你有点儿冷吧?"葛朗台太太说,"你是从……"

"你们这些女人真烦!"葛朗台说,他手拿一封信正在读,听见太太的话,信也不读了,"让先生休息休息吧!"

"可是,父亲,这位先生也许需要什么。"欧也妮说。

"他自己有嘴巴。"老葡萄园主厉声说道。

这幕情形只有陌生人觉得吃惊。其他人早已习惯了老头子的专横。不过,听到夫妻父女间的这几句对话之后,客人站起身,背对着炉火,抬起一只脚烤靴底,一边对欧也妮说:

"堂姐,谢谢你,我在图尔吃过饭了。"

说罢,又望着葛朗台,补充一句:

"我什么都不需要,甚至也不觉得累。"

"先生是从首都来的吧?"德·格拉桑太太问。

夏尔先生,这是巴黎葛朗台先生儿子的名字,听见有人问话,便举起用链子挂在颈下的小眼镜,移到右眼前,打量桌上的东西和桌边坐着的人,十分无礼地把德·格拉桑太太照了好一会儿,待到把一切都照清楚了,才回答说:

"是的,太太。"他又望着葛朗台太太,补上一句,"哦,伯母,你们在摸彩呀。请玩吧,请玩吧。玩下去吧。玩得正有味,不要歇手嘛……"

"我就知道他是那个堂兄弟吧。"德·格拉桑太太一边瞟他几眼,一边寻思。"四十七,"神甫叫道,"喂,记下呀,德·格拉桑太太,这不是你要的数吗?"

德·格拉桑先生抓起一个筹码，放在太太的纸板上。此时德·格拉桑太太忽然生出一种不祥的预感，一会儿看看巴黎的堂弟，一会儿望望欧也妮，再也无心去想摸彩了。年轻的女继承人不时偷偷地瞟一眼堂弟，那份愈来愈明显的惊奇和关心，钱庄老板的妻子很容易就看出来了。

第二章　巴黎的堂兄弟

夏尔·葛朗台先生这个二十二岁的英俊青年，此刻的一举一动，都跟这些规规矩矩的外省人迥然不同。大家看到他那贵族式的举止，很是反感，便细细地观察他，准备嘲笑一番。个中原因，实在有必要说明。

在二十二岁的年纪，年轻人刚刚出落成人，稚气尚未脱尽，一百个巴黎人中间，可能有九十九个的言行举止跟夏尔·葛朗台一样。几天以前，他父亲吩咐他到索漠城的伯父家住几个月。也许巴黎的葛朗台先生想到了欧也妮。初到外省的夏尔，便想摆出时髦青年的派头，抖一抖阔气，来吓唬吓唬地方上的人，并且把巴黎生活的新玩意带到小地方，开开那里的风气。总之一句话，在索漠，他将花更多的时间剔指甲，用极多的心思注意衣着打扮。其实，有时一个风流倜傥的年轻人不修边幅，反倒显得潇洒。

因此，夏尔带来了巴黎最漂亮的猎装，最漂亮的猎枪，最漂亮的猎刀，最漂亮的刀鞘。他也带来了一套最精致的背心，有灰的，白的，黑的，金龟子色的，有闪金光的，缀亮片的，起云纹的，加衬里的，有翻领的，高领的，圆领的，有从领上扣到脖子的，有缀金扣的，还带来了各式流行的硬领和领带，和著名裁缝布伊松缝制的两件外套以及最考究的内衣。母亲送的一套精致的金质梳妆用具，他也带来了。总之，花花公子梳洗打扮的那些玩意儿，他都带齐了。连一只小巧精致的文具盒也没忘记。这是一个最可爱的——至少他是这样认为——他称安奈特的贵妇人送的礼。她此刻正在苏格兰陪丈夫旅游，索然无味，可是为了消除某些猜疑，不得不暂时牺牲一下幸福。他也带来了许多精美的信笺，准备半个月给她写一次信。总之，巴黎浮华生活的行头，他能带的都带上了，从引发决斗的马鞭，到结束决斗的镂刻精细的手枪，样样都没落下，一个游手好闲的青年闯荡江湖的吃饭家伙，都包括在内。父亲盼咐他一人上路，不要大肆张扬，于是他包了驿车行的一辆双座小轿车，没有把那辆特意订造的，准备六月份坐着去巴登温泉与安奈特贵妇相会的华丽轿车拿来糟蹋，他倒很是高兴。

夏尔原以为在伯父家会有宾客上百的晚会，会有森林中的围猎，总之，会享受到那种城堡生活。他不知道伯父就在索漠，他在城里问起葛朗台先生，只是为了打听去弗鲁瓦尔的路，等知道伯父就在城里，他便以为他一定是住在一座大公馆里。不过，不管伯父是在索漠，还是在弗鲁瓦尔，他初次在他家露面总要体面一点。为此，他旅途的打扮最漂亮，最讲究，借用当时形容人或物十全十美的一句话，是最可爱。在图尔停留的时候，他叫一个理发匠把他的漂亮卷发重新烫了一遍，换了内衣，套上圆领，配上一条黑缎子领带，衬得那张快乐的白净脸蛋更加可爱。一件紧身旅行外套只扣了一半，露出一件高领开司米马甲，里面还罩着一件白背心。他的怀表由一条小金链系在一个纽扣上，随便塞在一只口袋里。长裤是灰色的，从两边系扣子，用黑丝线绣着图案，使做工更见精美。他潇洒地挥着手杖，金质杖头上雕刻了图案，衬托出灰色手套的清雅。头上戴了一顶鸭舌帽，式样也很高雅。

只有巴黎人，最高雅的巴黎人，才能这样打扮而不显得怪异，才能使那些可笑的毫无价值的东西彼此协调，此外，也得要一股威猛的神气，一个有手枪，有百发百中的枪法，有安奈特做情妇的年轻人那种踌躇满志的神气，才能使这些装饰更为协调。

因此，你若想了解索漠人和年轻的巴黎人彼此间的惊讶，若想看明白来客的优雅在幽暗的厅堂里，在构成家庭图像的人物中间投下的光辉，你就先试着把几位克罗旭的模样想象一下。三个人都吸鼻烟，早已不在乎鼻尖上悬着鼻涕，领子皱巴巴，褶子泛黄的橙红衬衣襟上沾满黑斑。他们的领带软不拉叽的，一结上去就绞成了绳子。他们的内衣库存充足，一年只要洗两次，放在橱底变旧泛黄。衰老与土气在他们身上得到完美结合。他们的脸同他们的旧衣一样无精打采，同他们的长裤一样皱皱巴巴，显得苍老、干瘪、扭曲变形。

其余的人也都是邋里邋遢，衣冠不整，颜色灰旧，与克罗旭他们的不修边幅正相协调。外省人的装束正是如此。大家不知不觉地不注重打扮了，只关心一副手套的价钱，而忘了穿衣打扮是给别人看的。德·格拉桑和克罗旭两家处处针锋相对，但在厌恶时装这一点上，两家却是观点一致。

巴黎青年举起眼镜，观察厅堂里的古怪布置，天花板上的横梁，护壁板的色调，那上面蝇粪点点，数量之多，足以给《分类百科全书》和《箴言报》打上标点。与此同时，那些赌牌的人立刻抬起头来打量他，那副好奇的模样与看一头长颈鹿一般无二。德·格拉桑父子虽说也见过时髦人物，却也跟其他人一样惊奇，他们或许是感到了大家感觉中那无法形容的力量，或许是装出表示赞赏的样子，嘲弄似的对大家挤眉弄眼，好像说："瞧，巴黎人就是这副德行。"

再说，这些外省人尽可从从容容地打量夏尔，不用担心得罪主人。葛朗台手里捧着一封长信，正在专心致志地读，而且把桌上唯一的蜡烛占住了，也不怕妨碍客人们玩耍，坏了他们的兴致。欧也妮从未见过人品衣着都这样完美的人物，以为堂弟是什么天仙下了凡。她陶然地闻着堂弟油光滑亮、卷曲有致的头发散发的幽香，直想去摸一摸那精美手套的白皮。她羡慕夏尔生了一双秀秀气气的手，一身白白净净的皮肤，一副清秀高贵的相貌。总之，如果这个风雅青年给她的印象，就是这么一副模样。那么这个从未见过世面，天天在积满油污灰尘的旧房子里给父亲缝袜子、补衣服，一小时里别想在僻静的街上看到一个人影的姑娘，看到堂弟，心中自然要涌出无限激情。这种激情，男人在英国人的纪念册上，看到由威斯托尔绘稿，芬登刻版的那些美女时，也会产生。那些女人刻得那样栩栩如生，人们都不敢往画纸上呼气，生怕一口气就会把这些天仙似的人儿吹走。

夏尔从口袋里掏出一条手帕。这件美丽的绣品是眼下在苏格兰旅游的那位贵妇人怀着满腔情爱，一针一线花了不少时间绣出来的。欧也妮看见这手帕，便望着堂弟，看他是否真的拿来用。夏尔的一举一动，拿眼镜的姿势，有意装出来的大大咧咧，还有对那个针线盒的轻视——刚才这个将继承大笔遗产的姑娘看到这个针线盒是那样欢喜，而他显然认为毫无价值，或者微不足道——总之，他身上的一切，凡是让克罗旭和德·格拉桑他们觉得反感的，她就觉得愉悦，这种感觉是那样强烈，以致她上床后，把那个举世无双的堂弟想了好久，才进入梦乡。

摸彩游戏进行得很慢，不久大家也就不玩了，因为高个子拿侬进来，大声说道：

"太太，得拿被单给我，替这位先生铺床啦。"

葛朗台太太跟着拿侬走了。德·格拉桑太太小声说：

"我们把钱收起来吧，别玩了。"

各人从残破缺口的盘子里拿回自己的两个铜板,又一起烤火,聊了一会儿天。

"怎么,你们玩完了?"葛朗台先生问,仍在看他的信。

"是啊,玩完了。"德·格拉桑太太回答,抽了把椅子,在夏尔身边坐下。

欧也妮像情窦初开的少女,心潮滚滚,忽然冒出一个念头,便离开厅堂,去给母亲和拿侬帮忙。要是有一个诡诈的忏悔师盘问她,她没准会承认她那时并没有想到母亲,也没有想到拿侬,她其实是迫不及待地想看看堂弟的房间,想帮他整理整理,放点什么东西进去,想帮他把东西准备齐全,防止遗漏什么,总之是想尽可能地把房子收拾得干净漂亮一点儿。欧也妮已经认为只有自己才了解堂弟的心思与口味。

的确,她到的正是时候,因为母亲和拿侬认为一切都已安排妥当,已经退了出来。她告诉她们,一切都得重来。她让高个子拿侬弄点炭火烤烤被子,又亲自给旧桌子铺上一块方桌布,嘱咐拿侬每天更换。她使母亲相信,每天有必要在壁炉里生一炉好火,又让拿侬横下一条心,瞒着他父亲,搬了一大堆木柴放在走廊上。她跑到厅堂,在一只角柜里拿来一只古旧的漆盘,这是德·拉贝特利耶老先生留下的遗产,还在那里拿了一只六角水晶杯,一把镀金层剥落的小匙,一个刻着爱神的古瓶,扬扬得意地放在壁炉角上。她这片刻之间闪出的念头,比她出世以来所有的念头还要多。

"妈妈,这种黄烛的气味,堂弟会受不了的。"她说,"去买一支白烛,好吗?……"说完,她像小鸟一样轻盈地跑了出去,从钱袋里掏出她一个月的零花钱,一块五法郎的银币,交给拿侬说:

"喏,拿侬,拿着,快去买来。"

她手上拿着一个糖罐,这是塞夫勒窑的古瓷,是葛朗台从弗鲁

瓦尔城堡拿来的。葛朗台太太见了,赶紧叫她:

"喂,你爹看见了会怎么骂呀?……再说,又从哪儿去弄糖呢?你疯了吗?"

"妈妈,拿侬可以买白烛,就不会买糖吗?"

"可你父亲知道了怎么办?"

"他侄儿连杯糖水都不能喝,未免也说不过去吧。再说,他不会注意的。"

"你爹没有什么看不到的。"葛朗台太太摇摇头说。

拿侬犹豫不决,她知道主人的脾气。

"去呀,拿侬,既然今天是我的生日。"

拿侬听见小主人难得说了笑话,忍不住哈哈一笑,照她的吩咐去办了。

正当欧也妮与母亲想方设法把葛朗台先生安排给侄儿住的房间布置得漂亮一点儿的时候,夏尔却成了德·格拉桑太太献殷勤的对象,她对他说了一些挑逗话。

"先生哩,你可真是有勇气哟,"她对夏尔说,"这么个寒冬腊月的,竟舍得抛下首都的快乐,住到索漠来。不过,要是你不觉得我们太可怕,你会看到,我们这里也很好玩的。"

说完她抛给他一个十足的外省式的媚眼。外省女子的眼神,平时是那样克制,谨慎惯了,反倒显出一种贪馋的欲念,就像那些把娱乐视同偷盗或罪过的教士所特有的眼神。

夏尔在厅堂里是那样困惑,想象中伯父家宽大的城堡和奢华的生活,与眼前的景象差得实在太远,以致他在把德·格拉桑太太细细地瞧了一眼之后,觉得她总算有一点儿巴黎女子的味道,于是客客气气对她那番含蓄的邀请作了回答,而且自然而然地与她说起话来。德·格拉桑太太压低声音,跟他说着体己话。她和夏尔都需要得到信任，所以在一时打情骂俏，一时半开玩笑半当真地说了一会儿话之后，那位灵活的外省女子趁其他人谈论索漠人眼下最关心的酒市行情的时候，说道：

"先生，要是你肯来我家做客，我先生和我一定会十分高兴的。索漠城里，只有在我们家的客厅才能碰到生意场上的大老板和贵族。因为这两个圈子，都有我们的份。他们也只愿意在我家聚会，因为玩得开心。我可以骄傲地说，两个圈子的人都尊敬我家先生。因此，你住在这儿，我们会尽力给你解闷，要是你老待在葛朗台家里，天哪，那会闷成什么样子。你伯父是个守财奴，成天只想着他的葡萄秧，你伯母是个没头脑的老虔婆，至于你堂姐，是个傻姑娘，平平常常，没受教育，没有陪嫁，成天就缝那些破布烂巾打发日子。"

"这女人很不错嘛。"夏尔一边回答德·格拉桑太太那些献媚讨好的话，一边寻思道。

"太太呵，我都觉得你要把这位先生包下来了。"又高又胖的钱庄老板笑吟吟地说。

一听这话，公证人和法庭庭长都说了一些或多或少有些俏皮的话。可是神甫狡猾地望着他们，抓了一撮烟，把烟袋向众人让了一圈后，简要地把大家的想法说了出来：

"除了太太，还有谁能代表索漠城，来向这位先生尽主人之谊呢？"

"啊，神甫先生，你这话是什么意思？"德·格拉桑先生问道。

"我说这话，先生，无论对你，对你太太，还是对索漠城，对这位客人先生，都是一番好意。"老奸巨猾的老头子说到客人先生时，转过身来望着夏尔。

克罗旭神甫装出一副毫不注意的神气，其实把德·格拉桑太太和夏尔所交谈的意思都猜出来了。

"先生,"阿道尔夫终于装出轻松的神气,对夏尔说,"不知你还记不记得我,在德·纽沁根男爵府举行的舞会上,我曾有幸与你对舞,而且……"

"对,先生,一点儿不错。"夏尔回答道,发现大家都在注意自己,觉得很意外。

"这位先生是你儿子?"他问德·格拉桑太太。

神甫狡黠地望了这位母亲一眼。

"是,先生。"

"这么说你年纪轻轻的就上了巴黎?"夏尔问阿道尔夫。

"先生,你还要怎样早,他们一断奶,我们就把他们送到巴比伦去了。"神甫抢着说。

德·格拉桑太太意味深长地瞪了神甫一眼,不明白他葫芦里卖的是什么药。

"只有在外省,才看到太太这样的女子,三十好几了,儿子都要法科毕业了,还显得这样年轻。"神甫接着说下去,"太太,"他转身朝着德·格拉桑太太,"当年舞会上,年轻男人和贵妇们站在椅子上,争相观看你跳舞的情景,仿佛就在眼前哩。我觉得你就是在昨天走红似的……"

"哼!这个老鬼!"德·格拉桑太太心想,"难道他猜出了我的心事?"

"看来,我会在索漠大获成功哩。"夏尔一边寻思,一边解开外衣扣子,一手插在马甲里,眼望长空,摆出英国雕塑家尚特雷刀下拜伦勋爵的姿势。

葛朗台老爹对这一幕不加理会的神情,或更准确地说,专心致志地读信的神情,都被公证人和法庭庭长瞧在眼里。他们竭力注意这张被烛光照得格外亮堂的脸，想从那难以觉察的表情中揣摩出信的内容。从脸色看，老葡萄园主似乎难以保持平日的镇静。再说，这样一封要命的信，他读的时候会装出什么神态，人人都可以想象得出。

大哥，转眼我们就有二十三年没见面了。最后一次见面是在我结婚的时候，婚礼过后我们高高兴兴地分了手。自然，那时我绝不会想到，有一天会要你独自撑持家庭，你当时还为家庭的兴盛欢欣鼓舞哩。可是这封信到你手上的时候，我已经不在人世了。以我的身份，破产之后，我也没有脸面活下去。我在深渊边上挣扎到最后一刻，希望能够摆脱困境，可终究还是无法挽回。我的证券经纪人和我的公证人罗甘都破了产，把我最后一些资本也卷走了，什么也没给我留下。我欠了差不多四百万债，资产却只能抵偿四分之一。库存的酒正赶上行情大跌。因为你们今年葡萄丰收，质量又好，再过三天，全巴黎的人都会说："原来葛朗台先生是个骗子！"没想到我一生清白，死后却要遭人诟骂。我玷污了儿子的名声，又断送了他母亲留给他的财产。这可怜的孩子，我疼爱的宝贝儿子，还什么都不知道哩。我送他动身的时候，依依不舍地跟他道了别。幸而他不知道，我生命的最后一点激情，都倾注在这诀别之中了。将来他会不会骂我呢？大哥，大哥，儿女的咒骂是可怕的。我们骂儿女，他们还可辩解、讨饶，儿女骂我们，却是永远不可洗清了。葛朗台，你是我兄长，应该保护我：千万不要让夏尔在我的坟头说一句重话！大哥，即使我用血泪写这封信，也不至于这样痛苦，因为那样我可以哭，可以流血，可以死，就不会感到痛苦了，可现在我感到痛苦，我睁着眼睛看着死亡临近，一滴泪水也没有。你现在是夏尔的父亲了，他没有母亲家的亲戚，内中的原因你是清楚的。我当时为什么不顺从社会的偏见呢？为什么要向爱情让步呢？为什么要娶一个大贵人的私生女呢？夏尔失去家庭了。啊，不幸的儿子！葛朗台，请听我说，我不是为了我自己来求你。再说你的家产也许抵押不到三百万。我是为我儿子来求你！大哥，你得知道，我想到你时，我是合起双手来向你哀求的。葛朗台，我死之前，就把夏尔托付给你了。总之，想到有你来做他的父亲，我望着手枪也不觉得痛苦了。夏尔是很爱我的，我对他一直很好，从来是有求必应，他不会抱怨我的。何况你会看到，他的性情温和，像他母亲，不会惹你烦恼。可怜的孩子！过惯了奢华生活，从未尝过你我小时候那种缺吃少穿的味道……可他现在倾家荡产，孤身一人了。是的，他的朋友都会避开他，是我害他遭受这些羞辱。啊，我真想把他推上天国，待在他母亲身旁。唉，我真是疯了！还是来讲讲我的苦难和夏尔的苦难吧。我让他去你那儿，你到适当的时候把我的死讯，把他将来的命运告诉他。求你做他的父亲，一个慈祥的父亲。千万不要逼他立即抛掉那种闲散生活。那样做会要他的命的。我跪下来求他放弃债权，作为母亲的继承人，他可以对我行使债权人的权利。其实这样乞求也是多余，他要面子，会觉得和我的那些债主混作一堆并不合适。你让他在有效时间里放弃继承我的遗产。请把我给他造成的困境向他说明白，如果他对我还有一份爱心，就以我的名义告诉他，前面并不是死路一条。过去，你我凭着做工干活翻了身，现在，他也可以凭做工干活把我败掉的财产挣回来。如果他肯听父亲的话——我真恨不得从坟墓里爬出来，跟他说一会儿话——就应该动身去印度。大哥，夏尔是一个正派青年，热情肯干，你给他一批货，让他到海外去经销。他就是死也不会赖掉你借给他的本钱。葛朗台，你一定得借给他，不然，你会感到内疚的！啊，要是你无情无义，不肯帮助爱护我儿子，我会永远祈求上帝惩罚你的。我如果救出了一部分财产，就有权在他母亲的遗产里留一笔给他，可惜月底付账把钱都用光了。孩子将来的命运没有落实，我是死不瞑目的。我真想握着你温暖的手，听到你神圣的诺言，可是来不及了。我必须趁夏尔在旅途中造出资产负债表。我要努力用做生意的诚实信义，来证明这次惨败既非错失亦非作弊。这也是为了夏尔，不是吗？大哥，永别了！我托付给你的监护权，你会慷慨地接受，我对此深信不疑。愿上帝赐福于你。在我已经去的，大家有朝一日都要去的彼世，有一个声音会不停地为你祈祷。

维克托-昂热-纪尧姆·葛朗台

"哦，你们在聊天？"葛朗台老爹把信照原来的折痕折好，放进背心口袋里，又抬头望了侄儿一眼，样子又谦卑又畏怯，其实在这副神态下面，他心绪不宁，做着种种私下的盘算。

"身子烤暖和了吗？"

"一身都热烘烘的了，亲爱的伯父。"

"呃，那几个女人到哪儿去了？"这位做伯父的说，已经忘了侄儿是要住在他家的。

这时欧也妮和葛朗台太太回到厅堂。

"上面都收拾好了吧？"老头子恢复镇静后，问道。

"收拾好了，父亲。"

"那好，侄儿呀，你要是累了，拿侬就领你上房间去休息吧。妈的，那房间给公子哥儿住是差了点，可你要原谅我们这些种葡萄的可怜虫，缴税纳捐，把我们刮得干干净净。"

"好了，我们就不再打搅了，葛朗台。"钱庄老板说，"你们伯侄俩一定有话要说，我们就告辞了，祝你们晚安。"

听见这几句话，大家都起了身，各人照自己的性格行礼道别。老公证人到门口找到自己的灯笼，一边点燃，一边说送德·格拉桑一家子回去。德·格拉桑太太没有料到中间会插进这么一档子事，要提早回家，所以没有让仆人早些来接。

"太太，肯不肯赏脸，让我挽着你走。"克罗旭神甫对德·格拉桑太太说。

"谢谢，神甫先生，有儿子挽我走哩。"太太冷冰冰地回答。

"女士们跟我走，是不必担心别人说闲话的。"神甫说。

"就让克罗旭先生挽着你走吧。"她丈夫说。

神甫挽着漂亮的太太加快步子，走在众人前面。

"太太，这小伙子蛮不错呀。"他挽紧她的手臂，说道，"再见吧，篮子，葡萄收完喽！你该跟葛朗台太太说声再见了，欧也妮是那巴黎小子的人喽。除非那小子爱上了某个巴黎姑娘，不然，你家阿道尔夫的这个对手，就是最……"

"神甫先生，快别这样说，用不了多久，他就会发现欧也妮是个傻姑娘的，没有一点水色。你打量过她没有？今晚上她一脸蜡黄。"

"这一点，你可能提醒那位堂弟注意了吧。"

"我可没讲客气。"

"太太，以后总和欧也妮在一起，不用给那个年轻人灌什么坏话，他堂姐的模样，他自己会比较，那样……"

"告诉你吧，他已经答应上我们家吃饭了。"

"哦，太太，你尽管按你的意愿办好了。"

"神甫先生，你这话是什么意思，按我的意愿办？你是不是想给我出坏主意？谢天谢地，我一生清清白白，总不至于到了三十九岁，再来糟蹋自己的名声吧。就是把蒙古大帝的帝国给我，我也不干。我们都有一把年纪了，都知道说话得负责任。你还是个教士，一脑子的脏主意。呸！倒是和《福勒拉斯》那本臭书里写的蛮相配的。"

"你读过《福勒拉斯》了？"

"哦，神甫先生，我说的是《危险的关系》。"

"嗯，这本书就正经多了。"神甫笑着说道，"可是你把我说得和当今青年一样邪恶了。我其实只是想……"

"你敢说你没想要我做坏事吗？事情不是明摆着吗？那个青年人是很不错，这我承认，要是他来追求我，自然就不会想他堂姐了。我知道，在巴黎，有的好母亲为了子女幸福，得到财产，愿意这样牺牲自己。可我们是在外省呀，神甫先生。"

"是啊，太太。"

"再说，就是有亿万家财，"她又说，"我也不愿意付出这种代价。阿道尔夫也不答应的……"

"太太，我根本没有提到亿万家财。我的意思是，如果真有什么诱惑，你我都抵挡不了。不过，我相信，一个正派女人，只要有诚意，不失面子，不会带来严重后果，调调情倒并非不可，也是为社会尽点义务嘛，而且……"

"你是这样认为？"

"太太，难道我们不应该尽力彼此亲善……请允许我擤一下鼻涕。我向你肯定，太太，"他继续说，"他举着眼镜望你的时候，比望我的时候要亲切一些。比起老人来，他更爱美人，这也是情有可原的事……"

"这是很明白的嘛，"法庭庭长在后面扯着粗嗓门说道，"巴黎的葛朗台打发儿子到索漠来,就是为了亲事嘛……"

"不过,要是那样,那位堂弟就不会像炸弹一样,招呼也不打一个就落下来。"公证人说。

"那倒说不准,那老头子干事,总是神神秘秘的。"德·格拉桑先生说。

"喂,德·格拉桑,那小伙子,我已经请他来吃饭了。你去请拉索尼埃夫妇,杜·奥图瓦一家来陪陪客,当然,漂亮的杜·奥图瓦小姐是不能少的。但愿她那一天穿得像样点。她母亲嫉妒她,让她穿得那样差!"她又停下步子,转身对另两个克罗旭补上一句:"两位先生,希望到时光临。"

"太太,你们到家了。"公证人说。

三位克罗旭向三位德·格拉桑道过别,便往自己家走去,一路上拿出外省人所特有的分析天才,从各个方面把当晚的大事细细思量了一番。半道杀出这位堂弟之后,克罗旭和德·格拉桑两家的阵营发生了变化。支配这些老谋深算的家伙行事的理智,使双方觉得有必要携手并肩,共同对敌。难道他们不应该齐心合力,阻止欧也妮爱上堂弟,阻止堂弟思念堂姐吗?天天围着那位巴黎的小伙子,连哄带骗,花言巧语中夹着攻击,表面恭维里埋着诋毁,天真的话语里包含着弦外之音,那小子抵挡得住吗?

等到厅堂里只剩了四位家人的时候,葛朗台对侄儿说:

"该睡觉了。时候不早了,你到这里来的事不好再聊了,明天找个合适的时间吧。这里八点开早饭,中午吃点水果面包,喝一杯白葡萄酒,下午五点吃晚饭,像巴黎人那样。这是规矩。至于你要到城里城外走走,你就去好了,反正没有绳子拴着你。我的事多,不可能老是陪着你,你得原谅。你也许会听到这里人人说我有钱:这里是葛朗台先生,那里是葛朗台先生。我让他们说,他们的废话不会妨碍我的信用。可是我并没有钱。我到了这把年纪,还像一个年轻伙计一样干活,全部家当就是一只破刨子和两条有力的胳膊。用不了多久你也许就会明白,血汗钱来得是多么辛苦。哎,拿侬,蜡烛呢?"

"侄儿呀,你要用的东西,但愿都备齐了。"葛朗台太太说,"要是还缺了什么,只管开口叫拿侬好了。"

"亲爱的伯母,大概不会缺什么了。我想,我的东西也带齐了。祝你和堂姐晚安。"

夏尔从拿侬手里接过一支点燃的白烛,这是昂热出产的货色,在店子里摆久了,颜色发黄,看上去就和黄蜡差不多。葛朗台想不到家里会有白烛,也就没有发觉这件奢侈的用品。

"我给你指路。"老头子说。

他领着侄儿不走连着拱廊的门,而是正正规规,走厅堂与厨房之间的过道。过道尽头有一道门,嵌着椭圆形的玻璃,挡住楼梯间的寒气。但是在冬天,尽管厅堂门都装了防风衬垫,冷风照样飕飕地灌进来,屋里好不容易才烧暖和一点。

拿侬把大门拴上,关好厅堂门,到马棚把那条仿佛患了喉炎,总是嗷嗷叫着的狼狗放出来。这畜生凶猛得很,只认得拿侬,因为都是乡野出身,彼此倒是投合。夏尔看到墙壁被烟熏得发黄,楼梯扶手被虫蛀坏了,楼梯踏板在伯父沉重的脚步下摇摇颤颤,心里渐渐明白了一点。他以为自己误进了养鸡的笼架,便回头望望伯母和堂姐,想看她们脸上有什么反应,却不知她们走惯了这道楼梯,猜不出他为什么会吃惊,还以为这是一种友好的表示,便也对他亲热地笑笑,这一下更让他失望。

"父亲把我打发到这个鬼地方来干什么呀?"他寻思道。

走到二楼的楼梯平台上,他看见三扇暗红色的门,没有门框,直接装在泥粉剥落的墙上,外面用螺栓固定着铁条,铁条两端修饰成火焰形,就像长长的锁舌两端的花纹。正对楼梯的那间房,正好在厨房上面,房门显然被堵死了,只有经过葛朗台的卧室才能进去,房里只开了一扇窗子,朝向院子,安着粗大的铁栅。这便是他的账房。

这间房,谁也不能进去,连葛朗台太太也不行。葛朗台只愿一个人待在里面,就像炼金的术士要独自守在炼金炉旁一样。他一定是在里面暗藏了什么东西,保存了什么田契地据,吊着称量金币的天平,深更半夜,他躲在这里算账,写收据,开发票。生意人看到葛朗台总是样样事情都有准备,一定会以为有什么神仙鬼怪供他驱使。当拿侬呼呼打鼾,声震楼板,当狼狗在院子里守夜、打哈欠,当欧也妮母女俩完全进入梦乡,老箍桶匠便来到这里,一遍又一遍地观看、抚摸、计算他的金子,陶醉在喜悦之中,把它们装进酒桶,好好箍紧。墙壁厚实得很,外窗板严丝密缝。这间账房的钥匙只有他一个人有。据说他在这里查看图纸,那上面连他的每一棵果树都标注出来了。他也在这里计算产量,精确到一捆葡萄秧上下。

这道堵死的门对面,是欧也妮的房门。再过去,楼道尽头,是夫妻俩的套间,占据了整座公馆的正面。葛朗台太太的房间与欧也妮的房间相通,中间隔着一道玻璃门。葛朗台和太太的房间隔了一堵板壁,与那间密室则隔了厚厚一堵墙。

葛朗台老爹把侄儿安排在三楼,那间宽敞的阁楼正好在他的卧室上面,如果侄儿兴致冲动,在上面走来走去,他可以听得清清楚楚。

欧也妮和母亲走到楼道中间,互相亲吻一下,道了晚安。接着,欧也妮又对夏尔说了几句再见的话。姑娘嘴上虽然很冷淡,心里却肯定是热乎乎的。说完以后,母女俩进了各自的房间。

"你的房间到了,侄儿。"葛朗台老爹指着三楼那间房子的门,对夏尔说道,"你如果要出门,就叫拿侬。没有她,那就糟了,那条狼狗会一声不吭地把你吃了。好好睡吧。晚安。噫,这些女人给你生了火!"

这时高个子拿侬提了一个长柄暖床炉来了。

"瞧,又拿来一个!你把我侄儿当作产妇了吧?"葛朗台说,"拿侬,把暖床炉拿下去吧。"

"先生,被单潮乎乎的,再说,这位先生也像女人一样娇嫩哩。"

"好吧,就留着吧,难得你这样关心他。"葛朗台说,在她肩上推了一把,"可是当心点,别起火。"

守财奴一步步走下楼来,嘴里嘟嘟囔囔地说了好些话。

夏尔站在自己的行李中间,目瞪口呆。两只眼睛把这间阁楼上的卧房扫视一遍,只见墙上贴着黄底起花的壁纸,那是乡间小酒店用的货色;石灰石砌的壁炉,饰着凹槽,看了那模样就让人心里发冷;黄木椅子上装了上过油的藤垫,似乎不止四只角;一只床头柜打开着,容得下一个轻骑兵;床脚放着一床稀薄的地毯,床顶上,呢子做的帐檐已经被虫蛀坏了,摇摇摆摆地像要落下来。他一本正经地盯着高个子拿侬,说:

"啊呀,我的好大姐,我这是在葛朗台先生家里吗?这位巴黎葛朗台先生的兄弟,又当过索漠市长的葛朗台先生,住的就是这种房子?"

"是啊,先生,你是住在一个亲切的、和气的、要多好有多好的先生家里。要帮你打开行李吗?"

"天哪,我正求之不得哩,我的老兵大爷!你没有在帝国禁卫军水兵里混过吗?"

"哈,哈,哈!"拿侬笑道,"禁卫军水兵?这是什么东西?

是咸的还是淡的？是在水上走的吧？"

"喏，把钥匙拿去，打开这只箱子，把我的睡袍拿出来。"拿侬拿出一件绿底上绣着金花和古色古香图案的睡袍，把眼睛都看呆了。

"你要穿这袍子睡觉吗？"

"是啊。"

"哎呀呀！圣母玛利亚！披在堂区教堂祭坛前面多美啊。我的好少爷，把它献给教堂吧，会让你的灵魂得救的。不然，你的灵魂就完了。啊，你穿了这件袍子多好看呀。我去叫小姐来看。"

"喂喂，拿侬，你别叫好不好？让我睡觉吧。我明天再整理行李。你这样喜欢我的袍子，你就拿去救你的灵魂吧。我是个真正的基督徒，离开时一定留给你，你要拿去干什么就干什么好了。"

拿侬木然站在那里，怔怔地注视着夏尔，不敢相信他的话。

"把这么漂亮的衣服给我！"她一边往外走一边嘀咕着，"他已经在说梦话了，这先生。晚安吧。"

"晚安，拿侬。"

夏尔躺在床上思忖：

"让我来这儿干什么呢？父亲又不傻，让我来总有个目的。算了，正经事留到明天想，不知是哪个希腊傻瓜说的。"

欧也妮临睡前做祈祷时，突然停下来想道：

"圣母玛利亚，这位堂弟多漂亮呀！"

这天晚上，她的祈祷没有做下去。

葛朗台太太睡下去的时候，什么想法都没有。从隔墙正中的小门，她听见守财奴丈夫在隔壁房间踱来踱去，同所有胆小的女人一样，她也摸透了老爷的脾气。正如海鸥能预知雷雨，她也能从难以觉察的征兆上面，预感到葛朗台心中的风暴。于是，借用她自己常用的一句话,她就装着什么也不知道。

葛朗台望着那扇里面包有铁皮的门,心想:

"我老弟打的是什么鬼主意,把他的儿子交给我?好继承一大笔遗产呢!哼!我可一百法郎也没有给他的。就是给一百法郎,又够这个花花公子做什么用?他举起眼镜照我的晴雨表的模样,真像是要一把火把它烧了似的。"

想到这份痛苦的遗嘱将引来的后果,葛朗台心烦意乱,他弟弟立这份遗嘱的时候,心绪大概也没有这样不安。

"那件金花袍子,他真会给我吗?……"拿侬寻思道。她睡着的时候,已经穿上了祭坛的前罩,平生第一次梦见了鲜花、地毯、锦缎,就像欧也妮平生第一次梦见了爱情。

第三章　外省的爱情

在少女们纯洁而单调的生活中，会有一段美妙的时光，阳光会照进她们的灵魂，鲜花会对她们表达思想，心脏的搏动会把源源的热力传给大脑，把种种念头融为一种隐隐的欲望。那真是清纯忧郁，妙不可言的日子！婴儿睁眼看到世界，会露出笑容；少女在大自然感受到爱情，也会像她在孩提时一样欢笑。要是光明是人生的头一份爱情，那么爱情不就是心灵的光明吗？欧也妮终于到了懂事的年纪了。

一如所有的外省姑娘，她每天早早起床，做完祈祷之后，便开始梳妆打扮。从此以后，梳妆打扮对于她便是一件有意义的事情了。她先把一头栗发梳光，结成粗辫子，细心地盘在头上，免得零星头发扎出来。她把发型改成对称的，从两边衬托她天真羞涩的脸蛋。发饰简单，线条质朴。一早上，她好几次把手伸进清水洗濯，那水把她的手洗粗了、泡红了。她望着自己滚圆的臂膀，心想，堂弟怎么能把一双手养得那么白嫩，指甲修得那么好看。她穿上新袜子，套上最漂亮的鞋子，把鞋带系好，一个扣眼也没漏过。总之，她有生以来头一次希望自己显得漂亮。她尝到了穿着做工精致、颜色鲜艳的袍子的快乐，因为它使她变得迷人。

梳妆打扮完毕，她听见堂区教堂的钟声响了，才数到七下，便不响了，她不禁大觉意外。原来她只希望有足够的时间来打扮，没想到起得这么早。她既然不会把一个头发卷扯过来，贴过去，摆弄十来次，看哪种方式最好，就只好老老实实抬起双臂，在窗前坐下，静静地望着院子、窄窄的花园，和高踞于花园之上的城墙平台来。视野有限，景况凄凉，但也不乏荒野偏僻之处所特有的那种幽秘的美。

厨房附近有一眼井，四周围着石栏，滑轮吊在一根压弯的铁杆上。铁杆上绕着一根葡萄藤，季节已过，藤条已经干枯，发红。藤蔓从那儿攀上屋墙，并且沿着墙一直爬到柴房顶上。柴房里一堆堆木柴码得整整齐齐，就跟专门收藏珍本的藏书家摆放的图书一样。院子里很少有人走动，长着青苔、野草，日子久了，铺地的石板都发黑了。厚厚的墙上爬满绿蔓，弯弯曲曲地挂着一道道长长的褐色枝条。最后，院子尽头有八级石梯通到花园门口，石梯高高低低，参差不齐，又淹没在乱草丛中，就像是十字军时代一个寡妇给她的骑士立的坟墓。一道剥蚀的石基上，竖着一排已经腐烂的栅栏，一半已经垮在地上，却还爬满各种藤蔓。栅门两旁，歪歪斜斜地伸出两株发育不良的苹果树枝丫。花园里有三条平行的小径，上面铺着细沙。小径中间是方形的花圃，四周种着黄杨，培住花圃里的泥土。花园尽头，平台脚下，是一片亭亭如盖的椴树。一头是一些覆盆子，另一头是一株巨大的胡桃树，树枝一直伸到箍桶匠的密室顶上。这天天气澄明。卢瓦尔河两岸已经沐浴着朗朗的秋阳。美好的景物、墙垣、院子和花园里残留的夜色，开始渐渐消失。

这些景色，从前看上去是那样平常，现在欧也妮却忽然觉得有了新的魅力。她心里百念丛生，思绪纷涌，并且随着外面阳光渐渐加强，这种思潮也愈益汹涌，终于感到了那种隐隐约约的、说不清道不明的快乐，把她的神魂罩住了，就像一团云絮把有形的物体裹住。她的思绪与这奇特风景的处处细节相协调，内心的宁谧与自然的和谐融为一体。

阳光照到一堵墙上。那里垂挂着一丛丛浓密的爱神草，颜色像鸽子的脖颈，时时变幻着光泽。欧也妮的心里也照进了天上的希望之光，把她的前途照得清清楚楚。从此她就喜欢看这堵墙，看墙上颜色淡淡的花，看蓝色的铃铛花，看那一蓬蓬枯草，因为那里有像她童年一样的美好回忆。在这个静谧的院子里，就是一片叶子落下来也能听见声音。姑娘有时整天整天待在那儿，心中暗自发问，而忘了时间的流逝。这时每一片树叶的飘落便是给她的回答。

接下来，她忽然又心慌意乱起来，突然一下站起身，走到镜子前面，左瞧瞧，右瞧瞧，就像一个真诚的作家检查自己的作品，想找出毛病，来把自己骂一通。

"我的模样儿配不上他。"

这就是欧也妮时常冒出的念头。这种矮人三分的想法充满了痛苦。可怜的姑娘把自己看得太低了。不过谦卑，或者说确切一点，担心，倒是爱情的一条头等美德。欧也妮属于那种小布尔乔亚姑娘，身体强健，相貌美得俗气，可要说她像希腊米洛斯岛出土的维纳斯雕像吧，她又有一种基督教情感所特有的温柔，浑身透出一种高贵和纯洁的气息，这种气质古代雕塑家从未见过。她的头很大，额角带点男子气，却像菲迪阿斯雕塑的丘比特一样清秀。她一心过着贞洁生活，从无邪念，所以灰色的眼睛炯炯有神，睛光四射。一张圆脸，过去鲜润娇嫩，白里透红，后来生了一场天花，虽说不太严重，没有留下疤痕，但终究毁去了皮肤上那绒绒的一层，不过她的皮肤仍然细嫩滋润，母亲在上面吻一下，润出的红印要好半天才褪。她的鼻子是大了一点，可是与铅红色的嘴巴倒是相配，那上下嘴唇上布满细纹，充满爱情与善意。颈项浑圆，丰满的胸脯虽遮得严严实实，但仍引人注目、引人遐思。或许，她装束太朴素，缺了几分韵致,可对于行家里手来说,那硬邦邦的高挑身材自有一种魅力。所以,高大健壮的欧也妮虽然没有平常人喜欢的那种艳丽,但她并非不美,只是她的美容易被人疏忽,只有艺术家才会倾倒。有画家想在尘世寻找个像圣母玛利亚那样圣洁的典型,既要天生具有拉斐尔所想象的那种质朴自尊的眼神,又有那种难以得自先天,但是基督徒贞洁的生活可以培养和取得的处女线条。热衷于这种稀世模特的画家,会忽然一下在欧也妮脸上发现这种"养在深闺人未识"的天生高贵,他可以在她文静的额头下发现一个充满爱的世界,在她眼睛的形状,眼皮的习惯动作上,感到一种说不出的圣洁意味。她的线条,头部的轮廓,从来没有被寻欢作乐的表情糟践过,宛若平静的湖面上,远处水天相接的地方那柔柔的线条。这张恬静的脸上有红有白,神采奕奕,像一朵盛开的鲜花,使人见了觉得心神清爽,感到了那股良心的魅力,不由得不注目凝视。

欧也妮还在人生的边上,童年的幻想正像鲜花一样开放,还在欢天喜地地采摘着一片片雏菊。要是年龄稍长,就体会不出这种快乐了。因此,她并不知道什么是爱情,只知道一次次地照镜子,寻思道:

"我太丑了,他不会注意我的。"

然后她打开对着楼梯间的门,伸长脖子倾听屋里的动静。她听见拿侬早上惯有的咳嗽声,又听见她在房里走来走去,打扫厅堂,生起炉子,把狼狗拴起来,去牲口棚跟牲口说话。她想:

"他还没起来哩。"

她马上跑下楼,来到正在挤牛奶的拿侬面前,说:

"拿侬,我的好拿侬,熬点奶油给堂弟兑咖啡喝吧。"

"可是,小姐,昨天做今天才能吃呀。"拿侬哈哈大笑着说,"今天做不成了。你堂弟长得秀里秀气,真正秀气。他穿着那件金线绣花的绸睡衣的模样,你还没有看见哩。我可看见了。他穿的细布衬衫,就跟本堂神甫穿的白法衣一样高级哩。"

"拿侬,我们就做些烘饼吧。"

"可是烘炉用的木柴谁给呢?还有面粉、牛油?"拿侬说。有时,她这个葛朗台的总管的身份,在欧也妮母女心目中显得威风凛凛。

"难道为了招待你堂弟,竟要去偷你父亲的东西?你去问他要黄油、面粉、木柴吧,他是你父亲,会给你的。瞧,老爷下来了,检查家里储藏的食物来了……"

欧也妮听见楼梯在父亲的脚步下吱嘎吱嘎地发颤,吓得溜到花园里。这种深深地植根于她的心底的廉耻心,这种对幸福的特殊意识,她已经尝到了其功力。我们觉得特别幸福的时候,往往以为自己的心思全刻在脸上,叫人家看得明明白白。当然这种认为也许不无理由。可怜的姑娘终于发现自己家里一无所有,寒碜得很,使她配不上堂弟的优雅,觉得十分气恼,因此心中感到一种强烈的需要,想给堂弟做点什么。可是做什么呢?她又不知道。她天真,老实,说话办事从来只由着纯朴的天性,对自己的印象和感情也从来不加提防。一见到堂弟,女人的天生习性便在她心中觉醒,而且来势很是强烈,因为她满了二十三岁后,变得十分懂事,充满了欲望。她头一回见了父亲心里觉得害怕,因为她发现父亲是她命运的主宰,并且认为把心事瞒着他是罪过。她匆匆地跑进花园里,觉得空气比平常纯净,阳光比平常温暖,使她心头一热,感到新的生活的活力,不由得很是惊奇。

她正寻思用什么办法做烘饼给堂弟吃的时候,她父亲和高个子拿侬却吵起嘴来。平常他们很少吵嘴,就像冬天难得见到燕子一样。老头子拿着钥匙,准备量出当天的食物,问拿侬道:

"昨天的面包还剩了吗？"

"没有剩，连渣子都没剩，先生。"

葛朗台从昂热地区做面包常用的一只扁篮筐里，拿出一只粘满干面粉的大圆面包，正要去切，拿侬对他说道：

"今天有五个人吃饭哩，先生。"

"是啊。"葛朗台回答，"可是你这只面包有六磅重哩。吃不完的。再说，那些巴黎小伙子根本不吃面包，你等下就知道了。"

"他们只吃酱吗？"

在昂热一带，俗称的酱，指涂在面包上的东西，从最普通的黄油到最昂贵的白桃酱都是。大凡童年舐过面包酱的人，一听此话便能明白意思。

"不，他们不吃面包，也不吃酱。差不多就像那些要出嫁的姑娘。"葛朗台回答道。

老头子精打细算地交代过日里的菜谱之后，关紧食品柜，正要朝放水果的地方走去，拿侬拦住他说：

"先生，给我一点面粉和黄油，给孩子们做个烘饼吃吧。"

"你为了招待我侄儿，竟要刮光我的家吗？"

"你的侄儿，我操的心，也多不过你的狗，甚至比不上你自己操心。瞧瞧，我要八块糖，你只给我六块。"

"哎呀，拿侬，你这副模样，我可从来没有见过。你是怎么啦？脑子里出了什么岔？这里是你做主了？我就只给你六块糖，怎么样！"

"那么，你侄儿的咖啡里放什么呢？"

"两块嘛。我用不着放。"

"你这个年纪，咖啡里不放糖？我宁愿出钱买，也要让你放糖。"

"你还是管你自己的事吧。"

尽管糖价已经下跌，在箍桶匠看来，糖仍是从殖民地运来的最珍贵的食品，始终值六法郎一磅。帝国时期大家不得不节省用糖，在他却成了牢不可破的习惯。

所有女人，哪怕是最傻的，都会使出一些伎俩，来达到自己的目的。拿侬丢开糖的争吵，转而争取烘饼。

"小姐，"她从窗口叫道，"你不是想吃烘饼吗？"

"不，不吃。"欧也妮回答。

"好吧，拿侬，"葛朗台听见女儿的声音，说道，"给你吧。"

他打开面粉缸，舀了一升给她，又在已经切好的黄油上加了几盎司。

"还得给些木柴，要生烘炉哩。"拿侬一点也不放松。

"好吧，你要多少就拿多少吧。"葛朗台不高兴地答道，"不过你得给我们做一个水果馅饼。晚饭也在这个炉子上做，就不用生两个炉子了。"

"嘿！这你就用不着吩咐了。"拿侬嚷道。葛朗台几乎带着慈爱的眼神，看了忠实的管家一眼。

"小姐，我们可以做烘饼了。"厨娘高兴地叫起来。

葛朗台拿了一些水果回来，放了一盘左右在厨房桌子上。

"先生，你看，你侄儿的漂亮靴子。"拿侬对他说，"多好的皮子呀。气味多好闻。用什么东西擦呢？用你的蛋白油？"

"拿侬，我认为蛋白会弄坏这种皮子的。你就跟他说，你不会擦这种摩洛哥皮子。是的，这是摩洛哥皮。他自己会到索漠城去买鞋油给你擦的。听说鞋油里掺白糖，这种皮才擦得亮哩。"

"那就可以吃了。"拿侬说，拿起靴子放到鼻子下面闻闻，"哟，哟，跟太太的科隆香水一样香哩。啊，真有意思。"

"有意思！"主人训道，"人不值几个钱，靴子却花这么多钱，你还觉得有意思。"

葛朗台走过去，把水果贮藏室的门锁上，又回到厨房。

"先生，"拿侬说，"你难道不想一星期来一两次火锅，招待你侄儿……"

"行啊。"

"那我去买肉吧。"

"不用。你给我们弄个禽肉汤。佃户们不会让你闲着的。不过我还是要吩咐克努瓦耶给我们打几只乌鸦来。那野味烧汤再好不过了。"

"可是，先生，乌鸦是吃死人肉的。"

"你真是傻瓜，拿侬！它们还不是和大家一样，找到什么吃什么。难道我们就不吃死人啦？那吃遗产又是什么呢？"

葛朗台老爹见不再有什么要吩咐的，便掏出怀表，看看离吃早饭还有半个钟头，便拿上帽子，走过去拥吻了女儿，对她说：

"你愿意去卢瓦尔河边我的草场上走走吗？我到那里去干点事。"

欧也妮回去戴上粉红塔夫绸衬里的草帽，然后父女俩穿过曲曲弯弯的街道，来到广场。

"这么早上哪儿去啊？"公证人克罗旭遇到葛朗台问道。

"有点儿事去看看。"老头子回答，心里也明白这位朋友一大早出门是为什么事情。

每当葛朗台老爹有什么事要去看看的时候，公证人凭着经验，便知道他跟着老头子又有赚头了。于是他陪着老头子走下去。

"来吧，克罗旭，"葛朗台说，"你是我的朋友，我要指给你看看，在那上好的土地上种杨树有多么傻……"

"这么说，卢瓦尔河边那块草场上赚的六万法郎，你都没当一回事？"克罗旭惊讶地张大眼睛问道，"你真有运气！……砍伐的时候,正赶上南特城缺白木,一根卖了三十法郎。"

欧也妮听着,却不知她已面临一生中最重要的时刻,公证人将要迫使老头子说出那至高无上的父母之命了。

葛朗台来到卢瓦尔河边宽阔的草场,那里有三十个工人正在干活,把从前种杨树的地方填土,整平。

"克罗旭先生,你来看看,一棵杨树要占多少地。"他对公证人说了一句,便大声招呼一个工人过来,"让,拿尺来,把四边量……量……一量。"

"每边八尺。"工人量过以后说。

"那就糟蹋了三十二尺地。"葛朗台对克罗旭说,"这一排从前种了三百棵杨树,是吧。三十二尺乘上三……三……百,就可以种上五百丛草,加上两边的,就是一千五,中间的几排也有这个数。合起来,就算是……一千捆干草吧。"

"这种干草,"克罗旭帮着老朋友计算,"一千捆大约值六百法郎。"

"算……算……它一千二百法郎,因为割过以后长出来的,还可卖到三四百法郎。好吧,你算算,一年一千二百法郎,四十年下……下……来,该……该……有多多多少,加上你你你知道的利利利息上面再生利利息……"

"就照你这个数吧。只有六万法郎是不是?"老头子这一下不结巴了,"可是,二千棵四十年的杨树还卖不到五万法郎。这不吃亏了。我算出了这一点,我。"老头子说着,露出好不得意的神态,又吩咐工人道:

"让,你把树洞都填平,只留下河边那一线,把我买来的树苗种到那里。它们就靠政府的养料生长喽。"他朝克罗旭转过身,补上这一句,鼻子上的肉瘤微微颤动,使他的笑容像是最刻毒的冷笑。

"这很明白嘛,杨树只应该种在贫瘠的土地上。"克罗旭说,对葛朗台的盘算惊得发呆。

欧也妮开始只顾欣赏卢瓦尔河的美好风光,没有听父亲的盘算,可是听到克罗旭对父亲说的这几句话,不由得留起心来:

"喂,你怎么从巴黎招来了一个女婿,全索漠城此刻谈论的,都是你侄儿。葛朗台老爹,快要叫我起草婚约了吧。"

"你……你……一大……早……早……出门……就……就……就是要……要……跟……跟……我……我……说这话吗?"葛朗台说话的时候,鼻子上的肉瘤一扯一扯的,"那好吧,老伙伙伙……计,我也也也不瞒瞒瞒你什么,把你想想想知道的告诉你。我就就……就是把女……女……女儿……扔……扔在卢瓦尔河里里……里,也不不不……不会把她……她……她嫁给她……她……那个堂……堂堂堂……弟。你你……你可以……以告诉诉……大伙儿,哦,不不……不……不,还是让让让让大家去去去说吧。"

欧也妮听了这番回答,觉得一阵头晕目眩。那份遥远的希望刚刚在她心里破土发芽,就一下迎春怒放,花团锦簇,可现在她却看到这些花被齐刷刷地割断,散落在地上。从昨夜起,那把两颗心连在一起的种种幸福,她都感受到了,对夏尔也生出一片痴心爱恋之情。可是从此以后,这种种幸福的纽带却要由痛苦来加强了。女人的高尚使命,难道不更在于承担痛苦,而不是享受幸运的灿烂辉煌?父亲心中,怎么可能泯灭了父爱呢?夏尔究竟有什么过错?这些问题她都百思而不得其解。

本来她萌生爱情,已经就是十分神秘的了,如今又包上了一层神秘的色彩。她摇摇颤颤地驱动着两条腿回家,走到那条阴森森的老街,刚才她还觉得街上是那样欢乐,现在却觉得它一片凄凉,时间与世事在这里刻下的忧伤,她都感同身受,爱情的酸甜苦辣,百般滋味,她样样体验到了。

到了离家几步远的地方,她抢在父亲前面敲门,在门口等父亲。可是葛朗台看见公证人手里拿着原封未动的报纸,便问道:

"公债行情怎么样?"

"葛朗台,你不肯听我的话,"克罗旭回答道,"赶快买进吧,两年内,还有百分之二十可赚,而且利率很高,八万法郎,一年有五千利息。行情是八十法郎五十生丁。"

"以后再说吧。"葛朗台摸着下巴说。

公证人展开报纸,忽然叫道:"天哪!"

"哎,怎么啦?"葛朗台惊问道。这时克罗旭已经把报纸送到他眼前,说:"你看吧。"

> 巴黎商界巨子葛朗台先生,昨日饮弹自毙。死前一如平日,曾在交易所露面。葛氏曾致书众院议长,辞去议员职务。商事法庭陪审员一职,亦已辞去。证券经纪人和公证人罗甘、苏舍两位先生破产,导致葛氏倾家荡产。以葛氏的声名及信誉,在巴黎获得救援应无难事,无奈失望之下,一念之差,走上绝路,诚为憾事……

"我早知道了。"老头子对公证人说。

克罗旭一听此话,心里凉了半截,虽说当公证人的见惯世面,遇事沉着镇静,可是想到巴黎的葛朗台也许曾向索漠的葛朗台求援而被拒绝,背上还是感到一阵阵发冷。

"那么他儿子呢?昨晚那么高兴……"

"他还不知道。"葛朗台仍旧镇定地说。

"好吧,葛朗台先生,再见。"克罗旭说,恍然大悟,立刻跑去告诉德·蓬风庭长,让他放心。

一进家门,葛朗台便发现早饭已经准备好了。葛朗台太太坐在那个带垫子的座位上,在织着冬天用的毛线袖套。欧也妮扑过去,一把搂住母亲的脖子,那冲动的情绪,是满肚子委屈憋出来的。

"你们可以吃了。"拿侬一步几级从楼上下来,"他像个小天使,睡得香香的。那闭着眼睛的模样可真好看!我走进去,叫他,可是他连哼都不哼一声。"

"让他睡吧。"葛朗台说,"他今天什么时候醒来,都来得及听那坏消息。"

"出了什么事吗?"欧也妮问道,一边往咖啡里加了两块糖。这糖是老头子闲着没事的时候动手切的,不知有几克重。葛朗台太太望着丈夫,不敢发问。

"他爹一枪把自己打死了。"

"是叔父吗?……"欧也妮问。

"可怜的孩子。"葛朗台太太叹息道。

"是啊,可怜。他一个钱也没有了。"葛朗台接话道。

"可是,他睡得安安稳稳,好像整个天下都是他的哩。"拿侬说,声音仍是那么平和。

欧也妮停下不吃了。她的心难受得很。可怜姑娘的心上人遭遇惨祸,在她身上头一次激起了深切的同情,心情十分沉痛,不由得哭了起来。

"你又不认识叔叔,哭什么?"做父亲的狠狠瞪了她一眼,那饿虎一般的眼神,想必和见了大堆金子时一样。

"可是,先生,"拿侬插嘴道,"那可怜的小伙子谁又不同情呢?他睡得跟木头人一样,还不知道祸从天降哩。"

"拿侬,我没跟你说话,别多嘴。"

欧也妮这时明白了,怀着爱情的女人应该永远隐瞒自己的感情。她不再作声了。

"葛朗台太太,我希望,在我回来之前,你一个字都不要跟他提起。"老头子说下去,"路边草场上挖沟的事儿,我得去吩咐吩咐。中午回来。侄儿的事,吃午饭的时候我来跟他谈吧。至于你,欧也妮小姐,你要真是为这个花花公子哭的话,那么哭一场也说得过去了。他马上要动身去印度。你再也见不到他了……"

父亲从帽子边上拿起手套,像平时一样不急不忙地戴上,然后手指插进手指间,把手套扯紧,接着便出门了。

等到屋里只剩她与母亲二人的时候,欧也妮嚷道:

"啊!妈妈,我要死了。我从来没有这么难受过。"

葛朗台太太见女儿一脸苍白,便打开窗子,让她呼吸新鲜空气。

"好一点了。"欧也妮过一会儿说。

欧也妮素来文文气气,沉着冷静,忽然一下子变得这样激动,葛朗台太太望着女儿,凭着母爱的直觉,马上猜出了女儿的心事。其实欧也妮母女俩的关系,比那对著名的匈牙利连体姐妹还要亲密。她们总是一起坐在窗户下面做女工,一起上教堂做祈祷,连睡着了呼吸的都是同一间屋子里的空气。

"可怜的孩子!"葛朗台太太把女儿的头搂在怀里。

听到这句话,少女抬起头来,带着询问的眼光望着母亲,揣测母亲的意思,过了一会儿问道:

"为什么要把他送到印度去哩?他身遭不幸,难道不应该留在这儿吗?难道他不是我们最亲的亲人?"

"是的,孩子,他是我们最亲的亲人。可是你父亲这样安排,自然有他的道理。我们应该尊重才是。"

母女俩一个坐在有垫子的椅子上,一个坐在小靠椅上,都不吭声了,重新拿起活儿做起来。想到母亲这样理解她,欧也妮心里一阵感激,忍不住抓起母亲的手吻着,说:

"亲爱的妈妈,你多好啊!"

葛朗台太太听了这句话,那张因长年痛苦而憔悴的老脸溢出道道光彩。

"你觉得他好吗?"欧也妮问道。

葛朗台太太莞尔一笑,没有作答。过了好一阵子,她才轻轻地说:

"你已经爱上他了,对吗?这可不好。"

"不好?为什么不好?"欧也妮问,"你喜欢他,拿侬也喜欢他,为什么我就不能喜欢他?喂,妈妈,把桌子摆好,准备给他吃早饭吧。"

她丢下活计,母亲也跟着丢下,嘴里却说道:

"你是疯了吧?"

但她也跟着女儿发疯,以此来证明女儿并没有疯。

欧也妮叫唤拿侬。

"小姐,你还有什么事呀?"

"拿侬,奶油中午可以弄好吗?"

"中午吗?可以的。"老佣人回答。

"喂,给他的咖啡煮浓一点儿。我听德·格拉桑说,巴黎的咖啡特别浓。多放一点儿。"

"可你让我上哪儿去弄呀?"

"去买吧。"

"要是让先生碰着怎么办?"

"不会的,他上草场去了。"

"那我就跑去买吧。不过我买白蜡的时候,弗萨尔先生就问我,家里是不是来了什么圣人贵客。满城的人都要知道我们这样挥霍了。"

"你父亲要是知道了,说不定要揍我们的。"葛朗台太太说。

"揍就揍吧。我们跪在地上让他揍就是了。"

葛朗台太太不再作声,只抬头望望天空,就算是她的回答。拿侬戴好头巾,出去了。欧也妮铺好白桌布,又爬上阁楼,把她好玩吊在那里的葡萄摘下几串。她在走廊里蹑手蹑脚地走着,生怕惊醒了堂弟,又忍不住把头贴在门上,听他那均匀的呼吸声。她心想:

"他睡着了,可是灾祸却没睡,在守着他哩。"

她采来最青翠的葡萄叶,像个老道的宴席服务师,把葡萄摆得十分好看,然后扬扬得意地端到桌子上。在厨房里,她把父亲点好数的梨子全部拿来,在绿叶上摆成一座金字塔。她在屋里走来走去,一忽儿蹦一蹦,一忽儿又跳一跳,恨不得把父亲家里的东西搜刮一空。可是父亲把钥匙都带在身上。

拿侬拿着两个鲜蛋回来了。欧也妮看见蛋,高兴得真想扑过来搂住拿侬的脖子。

"朗德的佃农篮子里装了蛋。我问他要。这乖孩子,为了讨我开心,就给了我两个。"

欧也妮一会儿起身看看咖啡是不是煮沸了,一会儿去听听堂弟是不是起床了,把活计放下了又拿起,拿起了又放下,如是一二十次,操了两个小时的心,终于准备好了一顿简简单单的早饭,花费不多,可是家里的规矩却被破坏殆尽。平常,大家是站着吃早饭的。各人吃一点儿面包、一个果子,或者一点儿黄油,外加一杯葡萄酒。可是今天壁炉旁摆了一张桌子,堂弟的食具前摆了一把扶手椅,桌上还摆了两盆水果、一个蛋盅、一瓶白葡萄酒,筐子里放着面包,碟子里堆着白糖。看到这个场面,欧也妮想起父亲这时若回到家,会用什么样的眼光瞪着她,光是想到这一点,两条胳膊两条腿就不由自主地发起抖来。因此她不时地瞅一眼座钟,计算着时间,希望堂弟在父亲回来之前用完早餐。

"欧也妮,你就放心吧,父亲要是回来,一切都由我来承当。"葛朗台太太安慰她。

欧也妮心头一热,忍不住落下一滴泪水。

"啊,我的好妈妈,"她叫道,"你真是叫我爱不够哇!"

夏尔哼着曲子,在房里不知转了多少圈,终于下楼来了。

好在不过十一点钟。这个巴黎少爷!在这里,竟像在那个正在苏格兰游玩的贵妇城堡里一样,精心打扮了一番。他走进来时,面带微笑,和颜悦色,配着他那勃勃生气,十分喜人,可是欧也妮看了,快乐之中却夹着丝丝忧伤。夏尔原想会住在伯父在昂热的城堡,没想到美梦成了泡影,不过他惆怅了一时半刻,也就不再去想它了。这会儿他高高兴兴地向伯母走过来打招呼:

"亲爱的伯母,昨夜睡得好吧?堂姐你呢?"

"好哩。你自己呢,孩子?"

"我吗?睡得很香。"

"堂弟,你饿了吧?"欧也妮问,"快上桌吧。"

"我一般总要睡到中午才起来。中午以前绝不吃东西。可是一路上都没有吃好,也就只好吃一点了。再说……"

他掏出一块精巧的薄表,那是布雷盖的作品。

"哟,才十一点呀,我起早了哩。"

"早了?"葛朗台太太问。

"是啊。也罢,反正我要整理行李。好吧,我就随便吃点什么吧,鸡鸭呀,山鹑呀,都行。"

"圣母玛利亚啊!"拿侬听见这番话,忍不住叫了起来。

"山鹑……"欧也妮寻思道,恨不得拿出全部积蓄,去买一只山鹑来。

"来坐下吧。"伯母招呼他。

这位公子哥儿便走过去,懒洋洋地倒在扶手椅上,就像一个漂亮女人,在长沙发上摆出姿势。欧也妮母女搬过两张椅子,在火炉前他旁边坐下。

"你们一直就住在这里?"夏尔问道。在白天的光亮之下,他发现厅堂比晚上的灯光下更为丑陋。

"是啊。"欧也妮望着他回答道,"只有收葡萄时除外。到那时我们去帮拿侬干干活,就住在胡桃树修道院。"

"你们从不出去走一走吗?"

"星期天,做过晚祷,有时也出去走走,要是天气好的话。"葛朗台太太说,"一般去桥上走走,割草的季节也去看看草堆子。"

"这里有戏院吗?"

"看戏!"葛朗台太太惊叫起来,"看那些戏子!可是,先生,你难道不知道这是该死的罪过吗?"

"你瞧,亲爱的先生,"拿侬拿着蛋走过来说,"我们拿没有出壳的仔鸡招待你。"

"阿,新鲜鸡蛋,"夏尔说,他像那些过惯奢华生活的人,转眼就把山鹑给忘了,"妙哇,有牛油吗,嗯,我的好姐姐?"

"嗯,牛油!那你就别想吃烘饼了。"女佣说。

"拿侬你就拿点牛油给他嘛。"欧也妮说。

姑娘看着堂弟把鸡蛋切成一小块一小块,觉得十分快乐,就像巴黎那些多情的女工去看戏，看见清白无辜的人最终赢得胜利时的情绪一样。说实在的，夏尔由一位优雅的母亲教养成人，又得到一位时髦的贵妇悉心调教，举止动作是很文雅、秀气，就像一位娇小可爱的情妇。少女的怜惜和温情真有磁石般的力量。夏尔发现自己成了伯母和堂姐关心的目标，无法避开那股汹涌而来的感情，便充满善意和温情地朝欧也妮投去一瞥，仿佛带着微笑。他细细打量过堂姐之后，发现她脸庞纯洁，线条和谐，神态端庄，眼睛明澈，闪烁着爱情的火花，从那里透露的欲望里完全没有肉欲的成分。

"天哪，亲爱的堂姐，你要是在歌剧院里有一个豪华的包厢，又穿着华贵的衣服，我敢打包票，伯母一定有理由担心，你会叫男男女女犯下罪过，男的会被你迷得神不守舍，女的会对你产生妒忌。"

欧也妮并不明白这番恭维的意思，可是它却紧紧扣住了欧也妮的心，使她觉得十分快乐。

"啊，堂弟，你是在嘲笑我这个可怜的外省姑娘吧。"

"堂姐，要是你了解我的为人，就会知道我最恨嘲弄别人。嘲弄别人往往伤害人家的心，损坏人家的感情……"

说着，他优雅地吞下一块抹了黄油的面包。

"不过，也许是我没有本事去嘲笑人家，所以做了不少吃亏的事。在巴黎，要是人家说'你是个好心人'，其实就是在损你，这句话的意思是'这家伙蠢得像头猪'。但是因为我有钱，大家又知道我随便拿一把枪，一枪就能把三十步外的靶子打倒，而且是在野外，所以没有人敢嘲笑我。"

"侄儿呀，刚才你说的话，显出你的心好。"

"你的戒指很漂亮，可以取下来给我看一看吗？"欧也妮问。

夏尔伸过手去，并且脱下戒指。欧也妮指尖触到堂弟的红红的指甲，不禁脸上飞起一团红云。

"你瞧，母亲，多精致的手工。"

拿侬端着咖啡走来，惊叹道："呀，多重的金子呀！"

"这是什么东西？"夏尔笑着问道。

他指的是一个椭圆形的褐色陶罐，外面上了釉，里面光光荡荡，也像上了釉一样，罐边围着一圈灰色的花边，里面的咖啡不住地上下翻滚。

"煮开的咖啡呀。"拿侬回答道。

"啊，亲爱的伯母，我也来做几件好事，也算是我在这里住过的纪念。你们真是太落后了！我教你们用夏伯塔壶来煮又浓又香的咖啡吧。"

他试着讲解用夏伯塔咖啡壶煮咖啡的办法。

"啊哟哟，这么麻烦呀。"拿侬道，"煮一罐咖啡，该花上一辈子工夫了。我可不会这样弄的。是的，我不会。我花这么多时间煮咖啡，谁来替我给母牛割草呢？"

"我来割。"欧也妮道。

"孩子。"母亲望着女儿叫了一声。

这声叫唤使大家想起了这个可怜青年身遭不幸，心情顿时伤悲起来，三个女人都不说话了，一起怜悯地看着他，使他大觉奇怪。

"你们怎么啦，堂姐？"

欧也妮正要回答，被母亲喝住了：

"嘘！儿呀，你知道，你爹说由他亲自告诉先生的……"

"叫我夏尔吧。"

"啊！你叫夏尔？这个名字好听。"欧也妮说。

每次人们预感祸事将临，差不多从不落空。拿侬、葛朗台太太和欧也妮想起老箍桶匠时刻可以闯进屋来,就觉得胆战心惊。可老头子那熟悉的敲门声偏偏就响起来了。

欧也妮说:"爸爸回来了。"

她赶忙把盛糖的碟子端走,只在桌布上留下几块糖。拿侬也把盛鸡蛋的盘子收了。葛朗台太太硬邦邦地站着,像一头受惊的小鹿。这一场突如其来的惊慌,把夏尔弄得丈二和尚摸不着头脑。

"喂,你们这是怎么啦?"

"爸爸回来了。"欧也妮回答道。

"可那又……"

葛朗台先生走进屋来,精明的目光扫了扫桌子,又看看夏尔,什么都明白了。"噢,噢,你们替侄儿摆酒接风,好啊,很好,太好了。"他这番话说起来一点儿也不结巴,"猫儿一上屋顶,耗子就在屋里跳起舞来了。"

"摆酒?……"夏尔寻思,实在弄不清这家人吃的是什么伙食,过的是什么日子。

"拿侬,把我的酒杯拿来,好吗?"老头子吩咐道。

欧也妮把酒杯拿给他。葛朗台从夹在腋下的小口袋里掏出一把宽牛角刀,切了一块面包,挑了一点儿牛油,均匀地涂上,就站在那儿吃起来。这时,夏尔正好往咖啡里加糖。葛朗台老爹看见糖块,打量了妻子一眼,见她脸唰地白了,便朝她走过去几步,附在她耳边,轻声问道:

"这糖是从哪儿弄来的?"

"拿侬上费萨尔家买来的呀。家里没有了。"

三个女人是多么紧张地关注着这无声的一幕,大家是无法想象的。拿侬从厨房里走过来,盯着厅堂里面,看看事情会怎样发展。夏尔尝了一口咖啡,觉得苦,想再放点儿糖,不料已被葛朗台收起来了。

"侄儿呀,你要什么?"

"糖。"

"加点儿奶,就不苦了。"老头子说。

欧也妮把葛朗台收起来的糖拿出来,放在桌子上,一边沉着镇定地看着父亲。诚然,倘若有个巴黎女子帮助情人逃跑,用娇软无力的胳臂挽住从窗口放下的丝织的绳梯,她那股勇气,也不会超过欧也妮把糖重新放上桌子的勇气。何况巴黎女子会得到情人的回报的。她会骄傲地伸出她那勒出一条条深痕的美丽胳膊给情人看,情人会用眼泪、用亲吻来滋润干枯的血管,用快乐来治疗她的伤痕。而堂姐被老箍桶匠鼓起眼睛瞪着,惊恐不安,肝胆欲裂,这种心情,夏尔是永远也不会得知的。

"老伴儿,你不吃点儿东西?"

这个受惯欺压的可怜女人走上前,恭恭敬敬地切了一块面包,拿了一只梨子。欧也妮壮起胆子请父亲吃葡萄,说:

"爸爸,尝尝我保存的葡萄吧。喂,堂弟,你吃一点儿,好不好?这可是我专门为你们弄来的。"

"阿!侄儿呀,要是再不阻止,她们为了你,会把索漠城抢光的。等会儿你吃完了,我们一起去花园里走走,我有话要对你说,那可不是甜的哟。"

欧也妮母女俩朝夏尔瞅了一眼,看到那种眼神,夏尔明白大势不好。

"伯父,你是什么意思呢?自从可怜的母亲去世……(说到母亲二字,他的声音软了下来)对我来说,不可能再有什么灾祸了……"

"侄儿呀,谁又知道上帝会用什么苦难来考验我们呢?"伯母说。

"得了,得了,又开始说蠢话了。"葛朗台叫道,"侄儿呀,我看见你这双白白嫩嫩的手,心里很难过。"

他指着他那双天生像羊脂玉一样白的手。

"你这双手本来是一双捞钱的手。可是你被教坏了,明明是用来做皮包、装票据的皮子,你却把它穿在脚上。这就坏事了。这就坏事了。"

"伯父,你这些话是什么意思?我真是一个字也听不懂。"

"来吧。"葛朗台说。

吝啬鬼把刀子折好,把杯子中的酒一口喝了,打开了房门。

"堂弟,坚强一些。"

少女的声调使夏尔的心都凉了。他惶恐不安地跟着可怕的伯父走了出去。欧也妮母女和拿侬按捺不住好奇心,一起跑到厨房,偷偷观看两个演员的表演,这幕戏即将在潮湿的小花园上演了。一开始伯父和侄儿默默无言地走着。把父亲的死讯告诉夏尔,葛朗台倒不觉得有什么为难,倒是获悉夏尔一文不名之后,他还生出几分恻隐之心。他在心里斟酌着用词,想把残酷的事情说得缓和一点。"你失去了父亲!"这句话毫无意义,做父亲的总是要死在孩子前面的嘛。可是"你一点财产也没有了!"这句话,却包括了世上所有的苦难。老头子在花园中间的沙径上已经走了三个来回了,只听见砂子在他脚下嘎嘎作响。在人生的重要关头,我们的灵魂总是与发生悲欢离合之事的场所紧紧相连。因此夏尔特别注意到了花园中那些黄杨,那惨白的落叶,破败的园墙,奇形怪状的果树,这些别有韵味的细节都会铭刻在他记忆之中,永远和这一关键时刻联系在一起,因为情绪的激烈波动特别令人难以忘怀。

"天气真热,真好。"葛朗台吸了一大口气,说。

"是啊，伯父。可是，为什么……"

"哦，是这样，孩子，"伯父说，"我有不好的消息要告诉你。你父亲很不幸……"

"可我干什么还待在这里？"夏尔叫道，"拿侬，去帮我到驿站租马。我一定可以在这里弄到一辆车子的。"他补充说了一句，朝伯父转过身来，只见伯父一动不动地站着。

"马和车都用不着了。"葛朗台盯着侄儿说道，只见夏尔一声不吭，目光却发直了。

"是的，可怜的孩子，你猜着了，他已经死了。不过这还不算什么，还有更糟的事。他是开枪自杀的……"

"我父亲？……"

"是的。可这还不算糟的。报纸上评论了这件事，好像它们有权这样做似的。喏，你读吧。"

葛朗台拿出从克罗旭那儿借来的报纸，把那篇悲惨的文章送到夏尔眼前。可怜的年轻人乳臭未干，还在感情脆弱的年纪，眼泪不由自主地流了下来。

"好了，这下不打紧了。"葛朗台暗忖道，"刚才他那眼神把我吓坏了。现在他哭了，那就有救了。"

"可怜的侄儿，这还算不了什么哩。"做伯父的大声往下说，也不知夏尔是否在听，"这不算什么，你慢慢地悲痛就淡了，可是……"

"决不会的！决不会的！父亲呀！父亲呀！"

"他把你的财产都败了。你没有钱了。"

"那有什么关系？我父亲在哪儿？我父亲在哪儿？"

园子里响起号啕痛哭的声音，接着又变成一阵抽泣，声音碰着园墙，反射回来，凄凄惨惨地响成一片。三个女人听了，大动恻隐之心,也都哭了起来。要知道眼泪跟笑声一样会传染。夏尔顾不上听伯父说话了,猛一下冲进院子,找着楼梯,跑到自己的房间,扑到床上,把头埋在毯子里,躲开亲人痛哭起来。

葛朗台回到厅堂。欧也妮母女俩已经赶紧溜回原来的座位,抹了一把眼泪,用颤抖的手又做起活计来。

"让这孩子把第一阵暴雨发过了再说。"葛朗台说,"不过这孩子也真没有用,把死人看得比金钱还重。"

听到父亲对这最圣洁的丧亲之痛作的评论,欧也妮不禁打了个寒战。从这时起,她就看透父亲的为人了。

夏尔的抽泣声虽然低了下去,在这幢音响效果很好的房子里却仍听得清清楚楚。这深沉的哀诉仿佛来自地下,渐渐地弱下去,到了傍晚才完全停止。

"可怜的孩子!"葛朗台太太说。

谁知这声感叹倒引出事情来了!葛朗台老爹看看妻子,又看看女儿和盛糖的碟子,想起了招待倒霉侄儿吃的那顿不同寻常的早饭,便走到厅堂中间站住,像往日一样不慌不忙地说:

"唔!葛朗台太太,这个嘛,我希望你今后不要乱花钱。我的钱不是给你买糖来喂那小混蛋的。"

"这不关母亲的事。"欧也妮说,"是我……"

"你长成人了是不是?"葛朗台打断女儿的话,"就想跟我唱反调了?你好好想一想,欧也妮……"

"父亲,你弟弟的儿子,在你家里总不该连……"

"呀,呀,呀,呀,"做父亲的一连吐出四个"呀"字,每一个都比前面的低半个音,"一会儿说我弟弟的儿子,一会儿说我的侄儿。可夏尔对我们有什么用?他连一个铜钱都没有了。他父亲破产了。等这花花公子哭饱了,我就叫他滚蛋。我才不让他把我家搅得一塌糊涂哩。"

"父亲，什么叫破产？"欧也妮问。

"破产，"父亲回答说，"是最最丢人现丑的事情，是最最可耻的事情。"

"那一定是滔天大罪，"葛朗台太太说，"我们的弟弟要被打入地狱的。"

"算了吧，你又来你那一套了。"葛朗台朝妻子耸耸肩，又说，"欧也妮，破产，就是偷窃，不过是法律保护的偷窃。人家相信纪尧姆·葛朗台正直清白的名声，把可怜巴巴的几个饭钱交给他，他却统统败光了，只给人家留下两只眼睛流泪。破产的人比拦路抢劫的强盗还要坏，强盗抢你的东西，你可以自卫，他得冒丢脑袋的危险，而破产的人……总之，夏尔是臭了。"

这些话在可怜姑娘心里响着，沉甸甸地压在她的心头。她是个正直的姑娘，像生长在密林深处的花朵一样没有受过半点儿污染，既不知道社会的行为准则，也不了解社会上的似是而非的理论，更不懂那类骗人的鬼话，所以父亲对破产做的那番解释，她是全单照收，却不知道他并未说明有预谋的破产与迫不得已的破产完全是两码事儿。

"那么，父亲，你就不能干点儿什么来阻止这种害人的事情发生？"

"你叔叔没有跟我商量；再说，他欠了四百万。"

"一百万是多少，父亲？"欧也妮问道，那份天真神气，真像是一个以为想要什么就会得到什么的孩子。

"一百万吗？"葛朗台说，"就是一百万个二十苏的铜钱。五个二十苏的铜钱，才抵一个五法郎的银钱。"

"上帝啊！上帝啊！"欧也妮叫道，"叔叔怎么会有四百万法郎呢？有四百万法郎，法国有这样的人吗？"

葛朗台老爹摸着下巴，微笑不语，鼻子上那颗肉瘤似乎胀大了许多。

欧也妮又问道：

"那么堂弟夏尔怎么办呢？"

"到印度去。照他父亲的意思，他应该在那里努力发财。"

"可他有钱去那儿吗？"

"我给他到……一直到……南特的路费。"

欧也妮跳起来搂住父亲的脖子。

"啊，父亲，你真好。"

她发狂地亲吻他，使葛朗台都几乎觉得不好意思，到底良心上有些过意不去。

"赚一百万要很久吗？"

"当然啦！二十法郎一块的拿破仑金币，你知道吧，要五万块才合一百万呢。"老箍桶匠说。

"妈妈，我们替他念《九日经》吧。"

"我已经想到这么做了。"母亲说。

"又这样！……总是花钱。"老爹叫道，"哎！你们以为家里有成千成万的钱尽你们花是吧。"

这时阁楼上传来一声格外凄惨的哀号，听得欧也妮母女俩毛骨悚然，一身冰凉。

"拿侬，上去看看他是不是自杀。"葛朗台老头说。母女俩听到这话，吓得一脸煞白。

老头子又转过身来，对欧也妮母女说：

"你们俩就别干蠢事了。我要出去一趟，去荷兰佬那儿转转，他们今天要走。然后我去克罗旭那里走走，谈谈这些事。"

说完他就走了。等他把门带上以后,欧也妮和母亲才敢痛痛快快地呼吸。以前,女儿在父亲面前从不觉得有什么拘束,可是这几个小时以来,她的思想感情时刻都在变化。

"妈妈,一桶酒能卖多少法郎?"

"我听人家说,你爹一般卖一百到一百五十法郎,有时也卖到二百。"

"他一年有一千四百桶收成……"

"啊,孩子,我可不清楚那可以卖到多少。你爹从不跟我谈他的生意。"

"那爸爸应该很有钱呀。"

"也许吧。不过克罗旭先生告诉我,他两年前买下了弗鲁瓦尔那块地。可能手头蛮紧的。"

欧也妮根本不清楚父亲有多少财产,所以计算只好到此为止。

"那个小孩子,连看我一眼都不看,"拿侬一边下楼一边念叨道,"他扑在床上,像一头小牛崽,哭得像泪人似的。但愿他苦尽甘来吧!这可怜的漂亮小伙子,倒是怪伤心的!"

"妈妈,我们快去安慰安慰他吧。要是有人敲门,我们就下来。"

女儿那温婉绵软的声音,葛朗台太太是无法抗拒的。欧也妮已经出落成人了,是个女人了。

母女俩忐忑不安地往楼上走,来到夏尔的房间。房门是打开的。小伙子什么也没看见,什么也没听见。他泪流满面,语不连声地哀号着。

"他真爱他父亲!"欧也妮轻声说道。

一颗不知不觉动了情思的心所怀的希望,明明白白地表露在这句话里,旁人不可能听不出来。因此葛朗台太太慈祥地看了一眼女儿，在她耳边轻声说：

"当心点，你要爱上他了。"

"爱上他！"欧也妮说，"你要是听见爹是怎么说的，你就不会这么说了！"

夏尔翻过身来，看见伯母和堂姐。

"我失去了父亲！可怜的父亲啊！要是他把灾难告诉我，我会跟他一起干，把损失挽回来呀。上帝啊，我的好父亲！动身时，我以为不久会看见他，也没有好好亲吻他就走了。"

他一阵抽泣，说不下去了。

"我们好好为他做祈祷就是了。"葛朗台太太说，"还是听从上帝的安排吧。"

"堂弟，"欧也妮说，"打起精神来！人死了不能复活。还是想想怎样挽救你的名声吧……"

女人生来机灵，干什么事都用心机，就是安慰起人来也总是设身处地，替人家考虑周全。欧也妮想让堂弟想想自己，以便稍稍忘却痛苦。

"我的名声？……"夏尔大叫一声，猛地把头发一扬，抱着双臂，在床上坐起身子。

"啊！是真的，伯父说我父亲破产了。"

他凄厉地大叫一声，用双手蒙住自己的脸。

"你走吧，堂姐！走吧，堂姐！上帝呵，上帝！请原谅我父亲，他可受了不少苦！"

年轻人这种痛苦，没有做作，没有算计，没有不可告人的想法，叫人看了，真是肝肠寸断。当夏尔挥手叫她们离开的时候，欧也妮和母亲的心地即使单纯，也明白这种痛苦有几分难为情，旁人最好离开。她们下楼，默默地回到窗边的座位，拿起活儿干起来，将近一个钟头,两人都没有说一句话。姑娘们往往有这种本事,能在一瞥之下把什么都看清楚。欧也妮只扫了一眼夏尔的随身物品,那些镀金镶银的剪刀剃刀之类。也许是对比的缘故,在痛苦中看见这些奢华的用品,反倒使她更加怜爱夏尔。母女俩一向过着平静孤寂的生活,从来没有一起这样严重的事件,一个这样悲痛的场面,刺激过她们的想象力。

"妈妈,"欧也妮说,"我们要替叔叔戴孝吧!"

"你爹会决定的。"葛朗台太太回答。

她们又不作声了。欧也妮一针一针地织着,动作均匀有致,别人从旁边看起来,看不出她其实沉浸在遐想之中。这可爱的姑娘最迫切的愿望,是分担堂弟的丧亲之痛。

将近四点钟光景,突然传来一阵敲门声,吓得葛朗台太太心儿怦怦直跳,对女儿说:

"不知你爹来了什么事?"

葛朗台快快活活地走进门来,脱下手套,两手使劲搓着,几乎把皮都搓了下来,幸好他的皮肤像俄罗斯皮革那样鞣制过,只是少了落叶松和乳香的香味而已。他在屋里走来走去,不时地看时间,到末了,还是忍不住把秘密说了出来。

"太太,"他一点儿也不结巴地说,"他们都叫我耍了。我们的酒出手了。荷兰人和比利时人今天动身,我就装出傻乎乎的神气,在他们旅馆前的广场上闲荡。你认识的那家伙就找我来了。那些收成好的葡萄园主都压着货,想等行情好一点儿再卖。我可不会叫他们别这样干。我看准了,那比利时佬要豁出来了。于是生意做成了。两百法郎一桶,一半付现。我到手的都是金币啊,而且票据也签了。这六个金币是给你的。过三个月,酒价就会下跌。"

最后几句话,他的语气平静,可是颇含讽刺意味。这时,索漠人听到葛朗台刚刚把酒出手的消息,都聚集在广场上,一个个惶惶不安,要是听到上面这些话,准要气得发抖。人心恐慌,有可能使酒价跌去一半。

"父亲,你今年有一千桶酒吧?"欧也妮问道。

"是啊,小宝贝。"

老箍桶匠高兴到了极点,就这样称呼女儿。

"那就卖了二十万个二十苏的铜钱。"

"是的,葛朗台小姐。"

"那么,父亲,你可以很容易地帮夏尔一把了。"

古代巴比伦王伯沙撒看到神秘的手在墙上写下"寿限,倾覆,分裂"几个字,预告他寿命即将终结、王位即将倾覆、国土即将分裂时所感到的震惊、愤怒和惶恐,恐怕也无法与葛朗台此时的恼怒相比。本来他已经忘记了侄儿,可是却发现他盘踞在女儿心里,女儿事事都为他着想。

"哼!是这样啊!自从这个花花公子把脚踏进我家,一切就乱套了。你们充阔气,买糖,摆酒设宴,花天酒地。我可不情愿!我这么一把年纪了,怎么做人,我总知道吧。再不济,总不至于要女儿,或是某个别人来教训吧。我那个侄儿,应该怎么对待,我自会怎么对待,用不着你们来插手。至于你,欧也妮,"他转身朝女儿说,"再不准跟我提到他。不然,我就把你跟拿侬一起送到胡桃树修道院去.你看我到底敢不敢做。你要再嘀嘀咕咕,明天就打发你走。他在哪儿,那孩子?下过楼没有?"

"没有,亲爱的。"葛朗台太太回答。

"他在干什么?"

"哭他父亲哩。"欧也妮说。

葛朗台望着女儿,说不出话来。他好歹也是个父亲呢。他在厅堂里转了两圈,就急急忙忙上楼,到自己的账房去考虑买公债的事儿。两千阿尔邦森林,全部采伐一空,卖了六十万法郎,加上杨树,上年和当年的收入,不算刚刚成交的二十万法郎买卖,总数大约在九十万法郎左右。公债行情是七十法郎,短期内有百分之二十可赚,对他很有诱惑力。他拿起刊登兄弟死讯的那张报纸,计算起收益来。虽然无意去听,可是楼上侄儿的哀哭,还是传进了耳朵。

拿侬上来敲敲墙,请主人下去,晚饭已经准备好了。走到穹拱下面楼梯最后一级,葛朗台心想:

"既然我能拿到八成利,这买卖就做定了。两年后,能从巴黎提回一百五十万法郎哩,而且都是十足的金币。"

到了饭厅,他问:"嗯,侄儿呢,在哪儿?"

"他说不想吃饭,"拿侬回答,"这可对身体不好。"

"可是节省粮食。"主人回答她。

"那当然。"她说。

"嗨,他不会永远哭下去的。狼肚子饿了,也会跑出林子偷东西吃哩。"

饭桌上出奇地安静。

"亲爱的,"等到把桌布收走,葛朗台太太才开口,"我们也该替弟弟戴戴孝吧!"

"说实在的,葛朗台太太,你只会想一些花钱的主意。戴孝在乎心,不在乎衣服。"

"可是兄弟死了,是一定要戴孝的。教义说……"

"那就去买孝服好了,在你那六个金路易里开支。你只给我一块黑纱就够了。"

欧也妮抬眼望天,一声不吭。她慷慨的天性一直沉睡着、压抑着，可是猛然一下觉醒过来，又时时受到伤害。

这一晚，表面看来和他们单调生活中千百个夜晚一样，其实是最难熬的一晚。欧也妮头也不抬地做她的针线活，也不使用昨夜给夏尔看得不值几钱的针线盒。葛朗台太太编着她的袖套。葛朗台先生一边绕着大拇指，一边在心里打算盘，绕了四个钟头，也算了四个钟头，盘算的结果，明天保准叫索漠全城大吃一惊。

那一晚，谁也没来串门。这时，满城上下，家家户户都在议论葛朗台那老奸巨猾的一手，他兄弟的破产，以及他侄儿的不宣而至。出于聊一聊共同利益的需要，城里所有中上阶层的葡萄园主都聚集在德·格拉桑家，对前任市长破口大骂。

拿侬在纺纱。厅堂灰暗的天花板下，除了吱吱嘎嘎的纺车声，再没有别的声响。

"怎么，我们都怕用坏了舌头呀？"拿侬咧嘴说道，露出一排又大又白、像杏仁一样的牙齿。

"什么都得爱惜。"葛朗台回答道，这才从盘算中回过神来。

他看到了三年后，他有了八百万财产，他在这片无边无际的黄金海洋遨游。

"我们睡觉去吧。我代表大家去跟侄儿说一声晚安，看看他要不要吃点儿东西。"

葛朗台太太走到二楼平台上，站住，想听听老头子和夏尔说些什么。欧也妮比母亲胆子更大，又往上走了两级。

"喂，侄儿呀，你心里很难受，是吧。好呀，你就哭一哭吧，这也是人之常情。父亲总归是父亲嘛。可是我们遇到苦难，应该咬着牙忍受。你在这里哭的时候，我却在替你考虑将来。你瞧见了，我这个伯父不坏吧。好吧，勇敢一点。要不要来一小杯酒？"

酒在索漠城不值几个钱，这里人请人喝酒，就像印度人请人喝茶一样容易。

"不过，"葛朗台继续说道，"你没有点蜡烛，这可不好，不好！做什么事情，都要看清楚嘛。"

说着，葛朗台朝壁炉走过去。

"噫！"他叫了起来，"这不是白蜡么？从哪里弄来的白蜡？这几个臭婆娘，为了替这孩子煮蛋，把我的楼板都会拆掉的。"

听到这几句话，母女俩赶紧溜回房间，钻进被窝，像受惊的老鼠逃回地洞一样快。

"葛朗台太太，你是挖到了金窟吧？"葛朗台先生走进妻子房间时问。

"朋友，我正在祈祷哩。等一会儿好不好？"可怜的母亲回答，声音都变了。

"让你的好上帝见鬼去吧。"葛朗台咕哝道。

从来守财奴就不信来世，现在对于他们就是一切。葛朗台这句话，把一束强烈的光投照在现在这个时代上面。在这个时代，金钱支配法律、支配政治、支配风俗，超过了任何时代。无论是学校、书籍，还是人众、学说，一切都沉瀣一气破坏对来世的信仰，破坏一千八百年以来的社会基础。如今，死亡这个过渡阶段大家并不怎么惧怕，与其等着在来世享福，不如现世享福。当今普遍的想法，就是不管用什么手段，达到人间天堂，享尽荣华富贵，为了拥有暂时的财富，心肝可以化为铁石，肉体可以糟践，就像从前的殉道者为了来生的幸福而不惜受尽苦难一样。再说这种思想，今日处处都有写记，连法律也是如此。法律问立法者"你付出什么"而不是"你想什么"。等到这种主义从有产者传到平民大众的时候，真不知国家会变成什么模样。

"葛朗台太太，你完了没有？"老箍桶匠问道。

"亲爱的,我是在为你祈祷哩。"

"那好吧。晚安。明早我们再聊吧。"

可怜的女人睡下时,心里惶恐不安,就像一个小学生没有预习好功课,生怕一觉醒来,看到老师生气的面孔。正当她提心吊胆,钻进被窝,什么也不想听见的时候,欧也妮穿着衬衣,赤着脚,溜到她床边,吻着她的前额说:

"啊,好妈妈,明天我告诉他,一切都是我干的。"

"不行,他会把你送到胡桃树修道院去的。还是让我来承担吧。他不会把我吃掉的。"

"你听见了吗,妈妈?"

"什么?"

"他一直在哭哩。"

"去睡吧,孩子。你脚下要着凉的。地砖上潮气重哇。"

这不寻常的一天就这么过去了。这个既富有又贫穷的女继承人一辈子都忘不了这一天。从此以后,她再也不像从前那样,倒头便能呼呼睡着,一觉睡到天亮了。

从文学的观点看,人生有些行为虽然真实,却往往显得不真实。可是,人们对于自发的动机,几乎总是不做心理分析,对于促成那些行为的神秘原因,从不加以说明,事情难道不是如此?也许,欧也妮蕴藏的激情,要从她最纤细的纤维中去分析,因为她的激情,如有些嘲弄者所说的,成了一种疾病,影响了她一辈子。许多人宁愿否认结局,也不愿去衡量精神领域中事与事之间神秘的关联、症结和纽带的力量。因此,对于善于观察人性的人来说,了解欧也妮的过去,就知道她那份毫无顾忌的天真、那种感情的突然倾发都是有其来历的。她从前的生活越平静,女人的怜悯,那份最灵敏的感情,在她心里就发展得越是迅猛。所以她念念不忘白天的事情,一晚上醒来好几次,倾听堂弟的动静,以为又听见他在哀叹。从头天晚上起,她心里就一直响着这种叹息声。她时而看见他忧伤得奄奄一息了,时而又梦见他饿得要死了。天将亮的时候,她确确实实听见了一声可怕的呼喊,赶紧穿上衣服,就着微弱的光亮,蹑手蹑脚地跑到堂弟房间。房门是开着的,蜡烛烧到烛盘底上,已经烧完了。夏尔到底抵挡不住困倦,和衣坐在椅子上睡着了,头倒在床上;正像那些肚子空空的人一样做着美梦哩。欧也妮这时哀心大恸,尽情地哭起来,尽情地端详着这张年轻俊美的面庞,这张脸上显示着痛苦的痕迹,眼睛被泪水泡肿了,虽然睡着了,似乎还在流泪。夏尔感应到欧也妮在身边,睁开眼睛,发现她正在哀怜地望着自己。

"对不起,堂姐。"他说,显然不知道是什么时候,也不知道身在什么地方。

"堂弟,这里还有几颗同情你的心。我们以为你需要什么哩。你应该上床睡一睡,这样倒着要累坏的。"

"是的。"

"那好,再见吧。"

她赶紧走了出来,为自己跑到这房间来又高兴又有些害臊。这种大胆的事,只有童真未脱的人才做得出来。懂事的人,不论贞洁的,还是邪恶的,都会有种种顾忌的。在堂弟身边,欧也妮没有发抖,可是回到自己房间,却两腿发软,站不住了。她仿佛豁然一下,懂事了,思前想后,把自己大大地埋怨了一番。

"他对我会怎么想呢?会以为我爱上他了。"其实,这正是她求之不得的事。真诚的爱情自有其预见,知道爱情能激发爱情。一个离群独居的少女,这样偷偷地跑进一个青年男子的房间,该是何等的大事!对有些人来说,爱情冲动之下冒出的想法,做出的事情不就等于神圣的婚约吗?

过了一个钟头,她走进母亲的房间,像平时一样侍候她穿衣。然后她们一起坐到窗前的老位子上,忐忑不安地等着葛朗台。一个人害怕责骂或者惩罚的时候,这种惶恐的情绪可以让他心里发冷,也可以叫他心如火烧,可以让他心头发紧,也可让他心头发胀,总之全看他的性格而定。再说这种情绪也是自然的,家畜自己不小心受了伤,可以一声不哼,如果受主人惩戒,一点儿痛苦就会大声号叫。

老头子下楼来了,心不在焉地跟妻子说了几句话,拥抱过欧也妮,便在饭桌边坐下,似乎忘记了昨夜的恐吓。

"侄儿怎么样了?这孩子倒不烦人。"

"先生,他睡着呢。"拿侬回答道。

"那太好了,用不着点白蜡烛了。"葛朗台用嘲弄的口气说道。

这种不寻常的宽厚,这种含讥带讽的快乐,叫葛朗台太太大为惊讶,不由得格外当心地注意着丈夫。只见老头子……这里或许应当提醒大家,已经好几次用来称呼葛朗台的老头子这个名词,在都兰,在安茹,在普瓦图,在布列塔尼,既可用于最仁慈的人,也可用于最残忍的人,只要他们到了一定的年龄,因此这个称呼丝毫不能说明个人是否温厚善良。只见老头子拿起帽子、手套,说:

"我到广场上走走,去碰碰我们那几个克罗旭。"

"欧也妮,你爹心中肯定有什么事情。"

的确,葛朗台不需多少睡眠,夜里有一半时间是在心里打算盘。有了这些初步的盘算,他的见解、观察、计划,便来得特别准确,而且每发必中,事事成功,叫索漠人大觉惊异。其实人的本事只是耐心加上时间。志向远大,又善于等待的人便是所谓强者。守财奴的生活便是长年累月运用这种本事为自己效劳。他只信赖两种情感：自尊心与利益。但利益既然在某种程度上是自尊心的具体化，自然持续地显示了一种实实在在的优越，所以自尊心和利益是一件事物的两个方面，就是一码事——自私。因此，凡是守财奴，只要演得出色，总是能激起观众特别的兴趣，其原因大概就在于此。这类人物七情六欲都有，却处处拂逆人的感情，我们每个观众与他们都有一线相连。哪里有毫无欲望的人？人世的欲望，没有金钱又怎能满足？

照葛朗台太太的说法，葛朗台先生确实心中有事。一如所有守财奴，他身上时时有一种需要，要跟人家赌一赌，把他们的钱合法地赚到手。叫别人乖乖地把钱拿来，难道不正显示了自己的本事？难道不使自己永远有权利鄙视那些过于懦弱，只能让人家吞食的人吗？安安静静躺在上帝脚下的羔羊，是人世的牺牲者最动人的象征，他们受够人间的苦难，结束了得到赞美的懦弱，便可得到这样一份前程。可是这种幸福有谁理解？守财奴只知道把这头羔羊养得肥肥的，把它关起来，宰掉，烤来吃，然后对它表示蔑视。

夜里，老头子又转了一些别的念头，他的宽厚便是由此而来。他想了一个计策，要嘲弄一下巴黎人，要把他们拧过来、滚过去，揉捏一阵，叫他们跑来跑去，出一身臭汗，满怀着希望，一下子又急得一脸发白；是啊，他这个老箍桶匠，坐在灰暗的厅堂深处，走在索漠家中遭虫蛀的楼梯上，就是能把巴黎人玩弄于股掌。他心里想着侄儿的事，一心想挽回亡弟的名誉，可是无须他和他侄儿花一个铜子。他就要把资金投放出去，三年为期。现在他只有田产需要管理了，所以要有个由头来让他显一显老谋深算的本事。弟弟的破产正好就是现成的题目。他手里没有什么东西可以挤捏，他就想拿巴黎人来开开心，一则替夏尔出口气，二则不费分文，又博得个好哥哥的名声。他倒并不是为了家庭的名誉想出这个计策的。他的善意好比是赌徒的需要，看自己不下一注能不能赢个满贯。克罗旭叔侄是他必不可少的参谋，可是他又不愿去找他们，而是打定主意，要他们来找他，并且当晚就把计划付诸实施，以便不花一个子儿，叫全城百姓第二天对他佩服得五体投地。

第四章　吝啬鬼的许愿和情人的起誓

父亲出门了，欧也妮很是高兴，因为她可以公开地照料亲爱的堂弟，可以放心大胆地向他倾泻心中珍藏的同情了。同情这种高尚的感情，是女人的长处，是她唯一愿意让别人感受，让男人激发而不予怪罪的感情。欧也妮跑上楼三四次，去听堂弟的呼吸，看他醒来了没有。后来，他起床了，于是她忙不迭地给他煮咖啡、牛奶、弄鸡蛋、水果，一会儿摆一摆盘子，一会儿擦一擦杯子，总之，一切与早餐有关的东西，都成了她摆弄的对象。她轻快地爬上破旧的楼梯，听堂弟的动静。他是在穿衣服吗？还哭不哭？她一直走到门口：

"堂弟？堂弟？"

"哎，堂姐。"

"你愿意在哪儿吃早饭？厅堂里还是你房间里？"

"随便吧。"

"你好吗？"

"亲爱的堂姐，真不好意思，我肚子饿了。"

这段隔着房门进行的对话，在欧也妮看来，真是那种浪漫小说的一大段插曲。

"那好，就把早餐送到你房间里来吃吧，免得父亲见了不高兴。"

她像鸟一样，一掠就下了楼梯，跑到厨房。

"拿侬,去给他收拾房间吧。"

这座楼梯她上上下下了不知多少次,稍有点儿动静便吱嘎作响,可是在欧也妮眼里却一点也不破烂了。她觉得楼梯亮堂堂的,会说话,跟她一样年轻,为她的爱情服务,跟她的爱情一样朝气蓬勃。还有她母亲,慈祥而宽厚的母亲,也愿意帮忙,来满足她爱情的幻想。夏尔的房间收拾好了,母女俩一起进去,陪着可怜的小伙子。基督教的仁慈,不是叫她们安慰不幸的人吗?两个女人从教义里找出许多怪论,来证明她们的所作所为是对的。

因此,夏尔·葛朗台受到了最亲切、最温柔的关心。他那颗悲痛的心强烈地感到了这种温馨的友谊,这种美好的同情的甜蜜。要知道这是两个时时受着压抑的女人,在她们习以为常的痛苦之中,偶尔获得一时半刻自由才倾发出来的啊。既然是自己的堂弟,欧也妮也就没有顾忌,开始整理堂弟随身带来的衣饰手巾、梳洗用品,顺便把过手的那些镂金雕银的豪华小玩意尽情观赏,并借口察看做工,拿在手里久久不放。夏尔看到伯母和堂姐对他这样慷慨热情,深受感动,他对巴黎的世态炎凉已有相当了解,知道像他这样的处境,在那儿只可能受人漠视、冷遇。因此欧也妮这时在他眼里显得特别美,光彩照人。昨夜他还嘲笑这种风习土里土气,从今以后他要赞美它的淳朴了。所以当欧也妮从拿侬手里接过装满牛奶咖啡的搪瓷碗,亲亲热热地端给堂弟,并怜爱地看了他一眼时,夏尔的双眼立即涌满泪水,一把抓住堂姐的手,拿到嘴边亲吻起来。

"嗳,你又怎么啦?"她问道。

"哦,我这是感激的泪水。"夏尔回答道。

欧也妮突然一转身,跑到壁炉拿了烛台。

"喂,拿侬,拿着,带走吧。"

她回头再瞧堂弟的时候,脸还是红的,不过目光沉着多了,不致把心头洋溢的快乐暴露出来。可是两人的目光表露的是同一种感情，两人的内心充溢的是同一种思想：未来是属于他们的。

夏尔正处于深悲重忧之中，没想到会有这样一番温情，所以觉得格外甜蜜。这时门上重重地响了一声，两个女人立即跑回原位。幸好她们下楼的速度特别快，赶在葛朗台进屋之前拿起活儿做起来。要是他在拱道那儿撞见她们，准会顿起疑心。老头子站着匆匆忙忙吃早饭，刚刚吃完，树林看守人来了。他因为早先说好的补贴尚未拿到，便到弗鲁瓦尔跑了一圈，从那儿带回一只野兔，几只在猎场里打的山鹑，顺便还把磨坊伙计欠下的两条鳗鱼和两条梭鱼带来了。

"嘿，嘿，这可怜的克努瓦耶，来得正好。这东西好吃吗？"

"好吃哩。亲爱的好先生，这些东西打下来两天了哩。"

"好啊，拿侬，快来接了。"老头子叫道，"晚上烧了吃。我要请两位克罗旭吃饭。"

拿侬傻傻地瞪着两只眼睛，望着大家。

"可是，我上哪儿去弄肥肉和调料呢？"她说。

"太太，"葛朗台说，"给拿侬六法郎，还有，到时提醒我一声，到酒窖里拿瓶好酒。"

看林子的已经准备好了一套话，想解决补贴问题，开口道：

"嗯，是这样，葛朗台先生……"

"是，是，是，是，"葛朗台说，"我知道你的意思，你是一个好小伙子。今天我忙不过来，这事明天再说吧。太太，拿五法郎给他。"

说完，他就走了。花十一法郎买个清静，可怜的女人很是高兴。她知道丈夫把给她的钱一个一个讨回去后，准有半个月不会唠叨。

"喏，克努瓦耶，"她塞了十法郎在他手里，"哪天我们再来谢你。"

克努瓦耶没有什么可说,拿了钱就走了。

拿侬戴上黑头巾,提上篮子,对太太说:

"太太,我只要三法郎就够了,其余的留着吧。行了,一样会弄出来的。"

"拿侬,晚饭可要弄好点,我堂弟要下来吃的。"欧也妮说。

"老头子一定又要干什么不同寻常的事了。"葛朗台太太说,"我结婚到现在,你爹这是第三次请客。"

将近四点光景,当欧也妮和母亲摆好了六个人的刀叉碗盏,一家之主把外省人当作宝贝珍藏的佳酿提了几瓶上来,夏尔也进了厅堂。小伙子一脸苍白,举止、神态、目光、声音,无不透出一种充满魅力的哀伤。他是真的悲痛,丝毫不是假装。他脸上罩着的痛苦表情,自有一股让女子动心的意味。欧也妮也由此而更加怜爱他了。也许正是不幸把他们两人贴近了。夏尔不再是那个高不可攀、家境殷富的英俊少年,而是一个落难的穷亲戚。平等出自贫贱。女人与天使有一个共同之处,便是大慈大悲,救苦救难。夏尔与欧也妮心有灵犀一点通,凭着眼睛也能交流心意。落难的公子,可怜的孤儿,独处一隅,一声不吭,平静而清高。但是堂姐的目光不时地落在他身上,迫使他抛开悲伤的思想,与她一起神游在未来与希望的天地,那是她十分憧憬的。

这时,葛朗台请克罗旭吃饭的消息,把索漠城弄得沸沸扬扬,昨天葛朗台背弃全体葡萄园主,擅自出售当年的收成,全城人也没有这样激动。苏格拉底的学生阿西比亚得养了一条珍犬,深受人们叹赏,他为了让人们继续谈论他的狗,毅然剪去狗尾巴。如果葛朗台宴客,也是出于同样的想法,那么他也许算得上是个伟人,可是他超出索漠人实在太多,不断玩弄他们,也就从不把他们放在眼里。德·格拉桑一家子听到夏尔父亲惨死与可能破产的消息,决定当晚就去葛朗台家去吊唁,分担悲痛,表示友情,同时打探在这种情况下,葛朗台为什么决定请克罗旭家吃晚饭。

到五点整,克罗旭·德·蓬风庭长和他当公证人的伯父来了。两人浑身上下,穿得整整齐齐。宾主立刻入席,正襟危坐地吃起来。葛朗台神色庄重,夏尔一声不吭,欧也妮沉默寡言,葛朗台太太也不比平时多出几声,以致这餐饭成了名副其实的丧酒。

大家起身离席的时候,夏尔对伯父伯母说:

"请允许我先退了,我有一封伤心的长信要写。"

"去写吧,侄儿。"

夏尔走后,葛朗台认为他一门心思写信去了,不会听见什么了,便神秘地看看妻子,说:

"葛朗台太太,我们要谈的事儿,你们反正也听不懂,再说也有七点半了,你们还是钻进被窝去睡吧。女儿,晚安。"

他拥抱了女儿,两个女人走了。于是,葛朗台开始了绞尽脑汁算计别人的一幕。葛朗台与人打交道,早已练出一套奸巧的本事,那些被他咬得太狠的人常常称他为老狗。那天晚上,他比平日更用了些心思。倘若当年索漠市长雄心再多一点,志向更大一点,倘若当年他的机缘凑巧,爬到社会的高层,奉派去参加国际会议,处理国家间的事情,使他处理个人利益的才华得以在那儿显露,那么毫无疑问他会为法国立下大功。不过,老头子离开索漠城,也有可能成为无声无息的可怜虫,因为一如某些动物、有些人一旦离乡背井,脱离了生他养他的水土,才智便无以施展。

"庭庭庭……庭长长长……长……先……先生,你你你你……你说……说……破……破……产……"

他这种口吃其实是装出来的,不过装了好多年,大家都以为是生来的毛病，就和他每逢阴雨天就抱怨耳聋一样。不过，在这个场合，这种结结巴巴的话在克罗旭伯侄听来，却感到分外难受。他们一边听一边不知不觉地动着嘴巴，似乎要替老头子把他故意迟迟不说出来的话说出来。

在此，也许有必要交代一下葛朗台口吃与耳聋的来由。

在安茹，论起听说当地的土话，谁都赶不上这个狡黠的葡萄园主。不过，他尽管精明透顶，从前却上过一个以色列人的当。在谈生意的时候，那犹太人把手放在耳边，握成角状，说这样听得清楚一些，同时结结巴巴地搜肠刮肚，寻找要说的字眼，以致葛朗台吃了好心的亏，认为有义务提示他要说的字眼和思想，这样便把那可恶的犹太人要做的推理做了，要说的话说了，他最后倒成了犹太人而不是葛朗台了。老箍桶匠做成了这笔生意，才结束了这场奇怪的讨价还价。这是老头子平生做的唯一的亏本生意，不过经济上虽然亏了，精神上却得到很好的教训。从此获益不小。因此，葛朗台最后还祝福那个犹太人，因为他从他那里学会了一套本领，在谈生意时要让对手不耐烦，迫使对手忘了自己的想法，来替他这边想事情。

的确，比起别的事情来，那天晚上的事情，更需要装聋做结巴，更需要装着莫名其妙地兜圈子，把自己的想法包藏起来。首先，他不愿为自己的想法负责，其次，他不愿把话说穿，自己的真意，让人家去捉摸好了。

"德·蓬……蓬……蓬风……先……先生……"三年来，葛朗台这是第二次称克罗旭侄儿为蓬风先生。庭长听了这话，很可能以为这个老奸巨猾的家伙已把自己选作女婿。

"你你你……你……你说……说……说过……破……破……破产在……在……在某……某……某些……些……情情况……下……下……可……可……可以……以……由……由……"

"可以由商事法庭阻止。这种事每天都有。"德·蓬风先生抓住了，或者以为猜出了葛朗台的思想，准备热心地给他做一番解释，便说，"要不要我给你讲讲？"

"我……我……我听……听你……说……说……"老头子低声下气地说，其实却使出了孩子那种诡秘劲儿，表面上装出专心听讲的样子，内心里却在嘲笑老师真蠢。

"当一个受人敬重的重要人物，比如说你在巴黎故世的弟弟……"

"我……我……弟……弟弟，是……是啊。"

"遇到无力支付债务的危险时……"

"那……那……那叫……叫作……无无无……力……力……支支……付……债……债务吗？"

"是的。当他就要破产的时候，有管辖权的商事法庭（请听清）可以通过审理，委任几个商号的资产清理人员。清理并不等于破产，明白吗？一个人破了产，名声也就臭了，可是宣告清理的人名声还是清清白白的。"

"那……那……那差差……别就……就……太太……太大了，要……要……要是……不……不要……要……花花花……更多……多……的……的钱……"葛朗台说。

"不过，就是没有商事法庭出面帮忙，也可以宣告清理的。因为，"庭长捏了一撮鼻烟，吸了一口，说道，"你知道宣告破产要办哪些手续吗？"

"是啊，我……我……从来没……没有……有……想……想到这事。"

"第一，"庭长说，"当事人本人，或者注册登记的代理人造好一份资产负债表，送到法院书记室。第二，由债权人申请审理。

可是如果当事人不造出资产负债表,或者债权人不提出申请,那怎么办呢?"

"是……是……是呀,怎……怎……么……么办……呢?"

"那么死者家庭、代表、遗产继承人,如果当事人没有死,那么他本人,如果他躲着不出面,那么他的朋友,都可以申请宣告清理。你也许想把你弟弟的债务宣告清理吧!"

"啊,葛朗台,好极了,"公证人说,"我们外省这些边远地方,还是看重名誉的。你要是挽救了你的姓氏,因为这是你的姓氏呀,那你真是个……"

"英雄豪杰喽!"庭长插进来道。

"那……那……那是当……当然。"老葡萄园主说,"我……我……我弟……弟……弟跟……跟我……我……一样,也……也……姓……姓葛朗台。这……这……是……肯……肯……定的,我……我……可……可没……没……说……说过……不……不……字。而……且……且,从……从……各……各方面……看,清清……理……无……无论如……如何对对对……我侄……侄儿是有……有……利的。我很喜……喜……欢我侄儿。可是先……先……先要搞清……清楚。我……我……我又不认……认……认得巴……巴黎的那……那些坏东西。我……我……我是在苏……索漠,是吧!我……我……我要……要……要压葡萄秧,要……要开……开沟,总……总……总之,我……我有我……我的事情要……要干。我……我从来没……没给人家开……开过期票,什么……么是期票?我我……倒……倒是收……收过不少。可可是从……从来没……给人家开……开过。我……我只知道期……期票可以兑现,可以贴……贴现。听……听听说……说期期票可……可以赎……赎回……"

"是的，期票可以打一个折扣，从市场收回来。明白吗？"庭长说。

葛朗台在耳旁支起两手，庭长便又把话说了一遍。

"不过，"老头子回答道，"这……这种事儿，又有……有有好处又有……有……有坏处喽。这……这这些事儿，我……我我这把年纪，是什么……也搞不……不不清的喽。我我我……得留……留下来照看……看谷子，谷子快……快熟了，卖了谷子，才能赎……赎……赎期票。眼下头……头头一件事，就……就……就是抓收……收……收成。弗鲁瓦尔那……那块地收入不小……小。我……我不能扔……扔……扔下家不管，去……去去对……对……对付那……那些鬼事，我……我……我又什么么也不懂。你……你……你说我……我……我为了申请清理，为了阻止宣……宣……宣布破产，要上巴……巴……巴黎黎去，可我……我又没有分身……身法，至少我……我不是一只鸟，可以在两头飞……飞来飞去……"

"我明白你的意思了。"公证人叫道，"哎呀，我的老朋友，你还有一些朋友，一些忠心耿耿的老朋友，可以为你效劳呀。"

"好吧，"老葡萄园主暗想道，"你快打定主意呀。"

"要是派一个去巴黎，找着你弟弟纪尧姆最大的债主，跟他说……"

"等……等……等一等，"老头子打断道，"对他说……说……什么？就说索漠城的……的……的葛朗台先生长，索漠城的……的……的葛朗台先生短，是不是？就说他爱他的弟弟，爱他的侄……侄……侄儿。葛朗台是个好……好……好亲戚，有些很好的打算。他的收成卖得……得……很……很好。别宣布……布破……破产了，你们召集人开……开开个会，指定几个清……

097

清……清算人。到那时葛朗台先生再……再看情况。反正你……你……你们自己清理,总比让法院来……来插手合算。是这样吧?"

"一点儿不错。"庭长说。

"德·蓬……蓬……蓬风先生,你也明白,我……我们干事,总要先……先想……想清楚了再动手。做不到就做不到,不要强来。凡是花……花……花钱的事,先得把收支搞……搞……搞清楚,才不至于弄得倾家荡产。喂,你说对不对?"

"当然对啦。"庭长说,"我看,花几个月时间,拿一笔钱,以协议的方式付款,可以把债权全部赎回。嘿!嘿!你手里拿的是一块肥肉,那些狗还不老远就跟着你走?只要不宣布破产,把债权抓在手里,你的名声就白璧无瑕了。"

"白璧无……无瑕,"葛朗台重复道,又在耳旁支起两手。"我可听不明白。"

"可是,"庭长叫道,"你听我说呀。"

"我……我……听着哩。"

"证券是商品,价格有涨有落。这是根据杰雷米·边沁的高利贷理论推断出来的。这位政论家指出,大家谴责高利贷的偏见是愚蠢的。"

"对呀!"老头子叫了一声。

"照边沁的理论,金钱既是一种商品,那么金钱的代用品自然也是一种商品,"庭长说下去,"既是商品,就免不了价涨价落。票据这种东西,签上了这个人那个人的名字,就也像别的货物,由市场上的量多量少决定价涨价落。法院可以裁决……(瞧,我好蠢哟,对不起……)我的看法是,你可以以二五折,把你弟弟的债券赎回来。"

"你……你……你管他叫……杰……雷……米……边……边

边……"

"边沁,一个英国佬。"

"这家伙让我们做生意时,免了不少抱怨。"公证人笑吟吟地说。

"这……这些英国佬,有……有……有时还是蛮……蛮好的。"葛朗台说,"那么,照……照……边……边……边沁的看法,我弟弟的债……债……债券值……值……值……其实一个钱也不值……值! 不值。我……我……我说得对,是……是不是? 我……我觉得这……这是很明明……明白的……债……债主会……不……不会……我我……我清……清……清楚。"

"让我给你解释吧,"庭长说,"在法律上,你只要拿到葛朗台商号所有的债券,你弟弟和他的继承人就什么人也不欠了。"

"好。"老头子重复了一遍。

"公平说来,要是你弟弟的债券在市场上谈判(谈判,你明白这个词的意思吧?)谈好了折扣,要是你的某个朋友经过那儿,把它们赎回,只要债权人没有受到暴力胁迫出让,那你巴黎亡弟的遗产就正大光明地没有什么麻烦了。"

"这是实话。生……生生……生意终归是生……生……生意嘛。"老箍桶匠说,"这就不用说了……可……可是,你也……也……也明白,这很难……难……难做,我我……我没有钱钱钱。也……也……没有空……空……没有……空……"

"是啊,你有你的事,不能耽搁。好吧,我就自告奋勇,替你跑一趟巴黎吧。旅途劳顿,你可得好好谢我。这可是苦差事。我去找那些债权人,跟他们把利害挑明,先把债权收回,款子缓一步付,只要在清理的价值上额外付一笔,一切都是说得通的。"

"不过,这……这……这事我……我……我们以后再说吧。

没……没……没有……我不能……能够，不……不……不……愿意随便……答……答应。做……做……做不到的……事事……终归做……做……做不到。你你你明……明白吧？"

"这是对的。"

"你你你……你跟我……我……我说的这……这……这些，把我……我的脑袋都……都……都搞炸炸炸了。有……有生以……以……以来，我我这……这……这……这是第……第……第一次不得不想……想想这事……"

"对呀，你又不是法学家。"

"我……我……我只不过是……是……是一个可怜的种葡……葡……葡萄的，你……你……你刚才说的，我……我……我可是一点……点……点也不懂。我……我……我得好……好……好好琢磨琢磨。"

"那好。"庭长摆出做结论的口气，说道。

"侄儿呀！……"公证人带着埋怨的口气叫了一声，打断侄儿的话。

"怎么，叔叔？"庭长回答一声。

"你让葛朗台先生把他的意思说明白。委托这种事非同小可。我们的朋友应当交代明确……"

这时大门上一声锤响，宣告德·格拉桑一家来到。他们走进屋来，一阵寒暄，使得克罗旭没空把话说完。自己的话被这样打断，公证人倒觉得高兴，因为葛朗台已经在斜眼瞟着他了，那鼻子上的肉瘤已经显示出他心中极为不满。可是首先，公证人谨小慎微，认为一个初级法庭的庭长上巴黎去说服债权人妥协，卷进一起与清明廉正的法律相悖的勾当，是十分不宜的；其次，还没有听到葛朗台老头表示愿意出钱，侄儿就这么冒失地投入进来，他本能地觉得害怕。所以他趁德·格拉桑一家子进来的当口，抓住侄儿的胳膊，把他拖到窗口。

"侄儿呀，你表现得够殷勤的了。有这样一份忠心也就够了。你想他家女儿想昏了头了。真见鬼！你千万不要像只乌鸦，没头没脑地瞎撞。现在，让我来把舵，你只在旁边帮一帮我就行了。你堂堂的一个法官，值得为这样一件事情玷污自己的名声么……"

他没有把话说完。他看见德·格拉桑先生向葛朗台伸出手，并听见他说：

"葛朗台，我们惊悉府上惨遭不幸。纪尧姆·葛朗台的商行飞来横祸，导致令弟身故。我们特为此来表示哀悼。"

"最可惜的是这个做弟弟的死得糊涂。他怎么就没想到向哥哥伸手求援呀。我们这位老朋友极为爱惜名声，没有半点儿空话让人家可说。他打算去清理巴黎葛朗台商行的债务哩。我这位当庭长的侄儿为了使他在这件有关法律的事务上少遇些麻烦，打算立即代他赴巴黎跟债权人洽商，尽可能让那些人满足哩。"

老葡萄园主摸着下巴，那模样，显然对这几句话表示首肯。德·格拉桑一家子听了这几句话，不免大觉意外。刚才在路上，他们还一直认为葛朗台先生一毛不拔，不肯援救弟弟，逼得弟弟走投无路，才寻了短见的。

钱庄老板这时望着太太嚷道：

"啊，我是早就知道了。德·格拉桑太太，我在路上是怎么跟你说的？葛朗台爱惜名声，连一根头发都不肯让人说闲话，何况姓氏？那是连轻轻地碰一碰都不行的。有钱没有好名声是痛苦的事。好在我们外省人还看重名声！葛朗台，你做得好，好极了！我是一个老军人，只会说真话，不会装假：他娘的，这真的高尚极了。"

"可……可……可是高……高……高尚要花大……大……大价

钱呀。"老头子回答。

"可是,我的好葛朗台,但愿这不会让庭长先生不快,"德·格拉桑接着说,"这纯粹是生意上的事,要一个生意场上的老手去办才办得成。比如债券拒绝兑付,收回时怎么算,该垫支多少,还有利息是多少,这些都得懂。我正好有些事要上巴黎去,可以帮你……"

"我……我……我们再合……合计合计,尽……尽……尽可能想想办法,看……看能不能把我……我……我们两人……都……都照顾到,好……好……好……让我我我免得答……答……答应我……我不愿愿愿做的事。"葛朗台结结巴巴地说,"因为,你也知道,庭长先生自然是要我出路费的。"

说后面这句话时,老头子没有结巴。

德·格拉桑太太说:

"哼!可是到巴黎去是一件快乐的事呀,能够去那儿,我就是自己花钱也没关系呀。"

她向丈夫丢了一个眼色,似乎鼓励他不惜代价,把这件差事从对手那里夺过来,接着她又嘲弄地看着两位可怜巴巴的克罗旭。

这时葛朗台抓住钱庄老板的纽扣,把他拖到一个角落。

"你和那位庭长两人,我当然更信赖你。再说我还有一些别的事要做哩。"葛朗台说,鼻子上的肉瘤颤动几下,"我想买点儿公债。数目总有几万法郎吧,可我只能八十法郎买一百。据说月底行情会跌,你是行家,你说是真的吗?"

"那当然是真的。这么说来,我得跟你收几万法郎公债喽?"

"嘘!小点儿声。一开始嘛,做不得大的。我玩这个,不想让谁知道。你跟我订个月底的合同。可别告诉克罗旭他们,他们会不高兴的。既然你要到巴黎去,我们就来看看,该为我那个侄儿打哪个色的王牌。"

"就这样说定了吧。"德·格拉桑大声说道,"明天我搭驿车动身,什么时候来听你最……最后的吩咐呢?"

"明天五点吧,吃晚饭以前。"老头子搓着两手说。

两个阵营的客人又一起坐了一会儿。德·格拉桑趁谈话的间隙拍拍葛朗台的肩膀,说:

"有这样有情有义的骨肉兄弟,真正是命好……"

"是啊,是啊,我表面上不显形,内心里可是极重兄弟感情的。"葛朗台说,"我很爱弟弟,要是花……花……花钱不多,我会向大家证明的……"

钱庄老板不等他说完,便恰到好处地打断他的话说:

"葛朗台,我们走了。我提早动身,有些事情还得打理打理。"

"好的,好的,我也一样。为了刚才跟你说的那……那……那事,我我我得进我的'审议室'——克罗旭庭长是这么说的吧。"

"妈的!我又不是德·蓬风先生了。"法官闷闷不乐地想,满脸不高兴的神气,就像一位法官极不耐烦地听着辩护词。

两个敌对家庭的头头走在一起。早上葛朗台背信弃义,损害本地全体葡萄园主利益的行为已被他们抛在脑后,彼此只想在对方身上探个底,看老头子在这件事打的是什么算盘,安的是什么心。可是谁也没有探出什么东西。

"跟我们一起去德·奥杜瓦太太家坐坐?"德·格拉桑问公证人。

"我们过一会儿再去吧。"庭长说,"我原先答应德·格里鲍果小姐,要到她那儿说几句话,要是伯伯允许,我们就先去那儿。"

"那好吧,再见,两位先生。"德·格拉桑太太说。

德·格拉桑一家子与两位克罗旭分手,走出几步后,阿道尔夫便对父亲说：

"他们这下气得冒烟哩，嗯？"

"儿子，快住口。"他母亲回答道，"他们还听得见哩。再说你这种话也俗了一点儿，一股法学院的学生味。"

法官看到德·格拉桑一家子走远后，便开腔冲伯父嚷道："喂，伯伯，他们开始时管我叫德·蓬风庭长，可是到后来就只有简简单单一个克罗旭了。"

"我知道，这事让你很不高兴。不过风向对德·格拉桑一家子有利。你那么聪明的人，怎么就糊涂起来了呢？……让他们去尝尝葛朗台老头子那'回头再说的'滋味吧。你放心，孩子，保准欧也妮照样成为你的人。"

没过几分钟，葛朗台那高尚的决定便同时在三个家庭里传播开了。全城上下议论的也是这件手足情深的话题。大家赞美葛朗台的名声，称赞他那常人做不来的义举，而对他背信弃义、破坏葡萄园主的誓言、私自卖酒的事情则不再追究。法国人生性喜好追捧昙花一现的人物，为一些当时得势的无足轻重的事物而动感情、生怨愤。难道民众、群体都是没有记性的么？

葛朗台送走客人，把大门一关，就唤拿侬：

"别把狗放出来。也别急着睡觉。我们还有事儿要一块儿干哩。十一点钟的时候，克努瓦耶会赶着弗鲁瓦尔那辆马车来到门口。你留神听着，别让他敲门，让他轻轻地进来。警察的法律严禁夜晚大声喧哗。再说也没有必要让街邻知道我要出门。"

说罢，葛朗台上楼走进他的密室，拿侬听见他在房间里活动，找东西，走来走去，不过都很小心，轻手轻脚。显然，他不愿意吵醒妻子女儿，尤其不想激起侄儿注意。他看见侄儿房间里还有灯光，已经暗地里骂了几声了。

半夜，欧也妮一心记挂着堂弟，以为听见一个垂死的人在呻吟。对她来说，这个垂死的人就是夏尔。刚才两人分手的时候，他脸色是那样煞白，神情是那样萎靡！他也许会寻短见哩！她猛然抓起一件带风帽的皮大衣披上，想走出房间。可是房门玻璃上射进一道强烈的光，她以为着火了，吓了一大跳。后来她放心了，因为她听见拿侬的沉重的脚步声和说话的声音，还夹杂着几匹马的嘶叫声。

"莫非父亲要把堂弟送走？"她暗忖，一边把房门打开一点儿，看看走廊里的情形，不过门开得极为小心，没有发出声响。

突然她的目光碰到父亲的目光，他虽然没有盯着她，也没有想到她会躲在门后张望，却把她吓得一身冰凉。只见老头子和拿侬两个右肩上压着一根粗短棍子，上面用绳子吊着一个木桶，像是老头子闲着没事时在面包作坊里做着玩的那种。

"圣母玛利亚！先生，重不重呀？……"拿侬轻声问道。

"可惜只是些大铜钱！"老头子回答道，"当心点，别碰着烛台。"

楼梯扶手上，孤零零地点着一支蜡烛，照亮了这一场面。

"克努瓦耶，你带了手枪没有？"葛朗台问那个徒享其名不得其薪的看林人。

"没带，先生。嗨，你一些大铜钱，有什么可怕的？……"

"是呀，没什么可怕的。"葛朗台老爹说。

"再说，我们跑起来飞快的。你那些佃户给你挑选的都是最好的马。"看林人说。

"好，好，你没跟他们说我去哪儿吧？"

"我不知道你去哪儿。"

"好的。车子结实吧？"

"我们这辆车子？嗨，装个三千磅没事。你这些破酒桶有多重？"

"哦，这我可知道，"拿侬说，"大约有一千八百磅吧。"

"拿侬，少说话好不好？告诉太太，就说我下乡去了，会赶回来吃晚饭。克努瓦耶，走快点儿，九点钟以前一定要赶到昂热。"

马车走了。拿侬拴好大门，放出狼狗，腰酸背疼地躺下了。整个街区的人，谁也不知道葛朗台出了门，更不清楚他出门的目的。老头子办起事来，真正是滴水不漏。这座房子里堆满了金子，可是谁也看不见一个铜板。早上在码头上听人家闲聊，说南特城接了许多军火生意，金价涨了一倍，好些投机商跑到昂热来收购黄金。老头子回来，便向佃户借了几匹马，准备把家里的金子运到昂热去卖掉，狠狠赚他一笔，换回一批国库券，来购买公债。

"父亲走了。"欧也妮说，在楼梯高头把什么都听见了。

房子里又变得一片死寂。马车声渐渐远去，在沉睡的索漠城中已经听不见了。这时，欧也妮心里感到，有一声呻吟穿过隔墙，从堂弟的房间传了过来。接着她的耳朵也听见了。从堂弟的门缝里漏出一线刀口般纤细的光亮，横照在旧楼梯的栏杆上。欧也妮往上走了两步，心想：

"他难受着哩。"

这时又传来一声呻吟，欧也妮爬上三楼，推开虚掩的房门，只见夏尔躺在扶手椅上睡着了，脑袋耷拉在椅圈外面。手上的笔已经掉了，手指几乎碰着地。那副呼吸急促的样子，猛一下吓坏了欧也妮，赶紧进到房间里。

"他一定是累坏了。"她看到有十几封封好的信，心里想道。她看见信封上写着：法里·布雷依曼运输公司，法里·布雷依曼先生收；裁缝师布伊松先生收，等等。"他一定是在打理事情，好早点儿出国。"她想道。

她的目光落在两封敞开的信上，有一封开头写着"亲爱的安奈特……"看到这些字样，她感到眼前一阵昏眩，心儿怦怦直跳，两脚像灌了铅似的，钉在地上不能动弹。

"他亲爱的安奈特。他爱上人了，他被人爱上了！没有希望了！他跟她说些什么呢？"她的脑子，她的内心闪过种种念头。她看见这些字眼像烈火一样，在到处闪耀着，连地砖上都有。

"我应该和他断了这份念头。我不能看这封信。我应该走开……可是看一看又会怎样呢？"

她望着夏尔，轻轻地抱着他的头，放到椅背上。他听任她摆布，就像个孩子，在睡梦中也认得自己的母亲，只管呼呼大睡，任由母亲照料、亲吻。欧也妮也像个母亲，把他垂着的手移上来，又轻轻地吻着他的头发。"亲爱的安奈特！"仿佛有一个魔鬼在她耳边叫喊着这几个字。她想：

"我知道，我这样做也许是不对的。可是我一定要看看这封信。"

欧也妮扭转头去，因为她光明磊落的品性在责备她。善恶有生以来第一次在她心中交锋。迄今为止，她没做过一件让自己脸红的事。可是此刻，激情和好奇心战胜了她。她每读一句，心就胀大一圈。读信时的那种兴奋和刺激，使她更觉得初恋的欢悦美妙无比。

亲爱的安奈特，本来无论什么事情都是不可能把我们活活拆散的，可是我这次惨遭横祸，已经不堪忍受，而且这种不幸，再怎么小心也无法预见和避免。我父亲自杀了，他和我的财产都丢光了。我成了孤儿。在我这个年纪，我还可以被看成孩子，因为过惯了衣来伸手、饭来张口的生活，什么事都不懂。不过，我得像成人一样，跌进深渊，就从深渊里爬起来。

今夜我花了一些时间，做了一些计划。要是我想清清白白地离开法国——当然这是不容置疑的——去印度或者美洲碰碰运气，但我连一百法郎的盘缠也没有。是的，可怜的安奈特，我要到气候最恶劣的地方去寻找发财的机会。据说，在那些地方，发财又稳又快。至于留在巴黎，那是绝不可能的事。一个倾家荡产的人，一个破产商人的儿子——天哪！欠人家两百万！那等待着他的侮辱、冷眼、鄙视，我的心和我的脸都受不了的。不出一星期，我就会跟人家决斗而送命。所以我是不会回巴黎的。即使是你的爱，那最温柔最忠贞，使一个男人的心变得高尚的爱，也不能吸引我回巴黎。哎，亲爱的，我没有盘缠上你那里，来给你，也接受你的最后一个亲吻，一个能使我力量倍增、勇赴前程的亲吻。

"可怜的夏尔，我这封信还是看对了！我有金币，我要给他。"欧也妮心想。

她抹了一把眼泪，又念下去。

我还从不曾想到贫穷会是这样不幸。就算我有旅途所必需的一百路易，也没有一个铜板去采购带到那边去卖的小玩意儿。可是我别说一百路易，就是一个路易也没有。要等巴黎的私债还清以后，才能知道我还剩有多少钱。要是一个子儿也没有了，我就不声不响地去南特，到船上当个普通水手，到那里，我就像那些赤手空拳打天下的人一样开始奋斗。那些人年轻时一文不名，等到从印度回来，一个个都是腰缠万贯。从今天早上起，我就把前程冷静地思考过了。比起别人来，前程对于我更是畏途。因为我受惯了爱我疼我的母亲的娇宠，受惯了天底下最好的父亲的关怀,刚刚踏进社会,就得到了一个叫安奈特的女子的爱情!我走过的人生道路上,处处铺满了鲜花。可惜好景不长。不过,亲爱的安奈特,虽说我向来无忧无虑,受惯了巴黎最美的女子抚爱,享尽了家庭的欢乐与温暖,有一个宠我爱我的父亲——啊,我父亲,安奈特,我父亲死了——可我还是有勇气面对前程。

是的,我把我的处境想过了,也把你的处境想过了。才二十四个小时,我就老了许多。亲爱的安奈特,即便你愿意牺牲一切奢华的享受,牺牲你的衣着,你在歌剧院的包厢,来把我留在巴黎,留在你身边,我们也没有办法弄到足够的金钱,来维持我那挥霍成性的生活。而且我也不能接受你那么巨大的牺牲。因此,我们今天只能诀别了。

"圣母玛利亚,他跟她分手了!啊!太好了。"
欧也妮高兴得跳起来。夏尔动了一下,把她吓得浑身冰凉。幸好他没有醒。她又继续念下去。

我什么时候回来?我不知道。印度的气候恶劣,一个欧洲人,尤其是一个辛苦劳作的欧洲人很快就会衰老。就说是十年吧。十年后,你女儿都有十八岁了,会处处陪伴你,刺探你的秘密了。对你,上流社会够残酷了,可是你女儿也许会更残酷。上流社会的那些评论,女儿们的忘恩负义,这种事我们看得多了,应该引以为训。希望你像我一样,心里保留着这四年幸福的回忆,并且忠于你可怜的朋友,如果可能的话。可是我不敢强求,亲爱的安奈特,你也明白,我说话办事都应该符合我的处境,要最实际地看待人生,估量人生。所以我应该考虑

> 结婚，这是我的新生活中一项不可或缺的内容。而且我向你承认，在这里，在索漠城，在我伯父家里，我遇到一个堂姐，无论举止、相貌、头脑、心地，你都会喜欢的，而且我觉得她好像……

"他一定是太累了，连信都没有写完。"欧也妮看到信在此处中断了，便这样想道。

她还在为他做解释哩！当然，她这么一个单纯的姑娘，怎么能够看出这封信里透出的冷漠意味呢？对于教养严格、天真单纯的姑娘来说，一旦涉足于迷人的爱情领地，那里的一切便都是爱情了。她们在爱情的领地上漫步，灵魂射出天国的光，把她们周身团团裹住，同时折射到恋人的身上。她们用自身激情的光彩美化恋人，想象他们和自己一样具有崇高的思想。女人所以犯错误，差不多总是因为相信人间有善良，有真情。"我亲爱的安奈特，我的心上人"这些字眼，竟像是最动人的情话，在她心里萦响，就像那管风琴反复奏响的圣诗"来吧，我们崇敬上帝"一样，轻抚着她的灵魂，童年每次听到这种音响，总觉得万分悦耳。何况夏尔眼中还噙着泪水，更显出他品格高尚。而姑娘是最容易被这点儿迷住的。

夏尔如此敬爱父亲，哭得这样真心实意，这种孝心并非由于他心灵十分善良，而是因为他父亲太好的缘故。可是这种内情，欧也妮又怎么可能知道呢？在巴黎，大多数做儿女的面对着声色犬马、灯红酒绿的奢华生活，不免生出种种欲望，做出种种计划，可是因为父母在世而迟迟不能实现，觉得苦恼烦躁，便对做父母的生出多少有些罪过的恶念，而纪尧姆·葛朗台夫妇对儿子总是有求必应，让他享尽荣华富贵，做儿子的才没有起那种歹念。做父亲的为了儿子不惜千金，终于在儿子心里播下了一份纯粹的孝心。然而夏尔毕竟是个巴黎青年，风气的熏陶和安奈特的培养，使他习惯于干任何事都要算计一番，面目虽是青年，内心却已老于世故了。他接受了这个社会的可怕教育，在这个社会里，一个晚上在思想上、言论上犯的罪，比刑事法庭审理的还要多；在这个社会里，漂亮的词句扼杀着最伟大的思想；在这个社会里，只有持论公允的人，才能被视为强者，而所谓持论公允，就是什么也不相信，不论是人、是感情，还是事件，统统不信：因为在这个社会里，有人制造假的事件。而要做到持论公允，就得每天早上掂一掂朋友的钱包，就得善于策略地超脱一切，以不变应万变，就得暂时对一切漠然视之，既不欣赏艺术品，也不赞美高尚的行为，就得把个人利益看作是驱使一切行为的动机。那位美丽的贵妇，安奈特夫人，在让夏尔做出种种疯狂之举之后，终于迫使他认真思考了。她伸出香喷喷的纤手，抚摸着夏尔的头发，跟他谈起他未来的处境。她一边跟他重做发卷，一边让他算计人生。她一方面让他变得像女性一样秀气，一方面又让他变得世俗，注重物质利益。这是双重的腐化。不过，这种腐化优美，温馨，情致高雅。

"你真傻，夏尔。"安奈特对他说，"教你学会在上流社会处世为人真不容易。你对德·吕卜克斯先生的态度很不好。我知道他的声名狼藉，可你也得等到他丢权失势以后再去随心所欲地鄙视他呀。你知道康邦夫人是怎样跟我们说的吗？'孩子们，一个人在台上，就使劲捧他，等他倒了台，就帮着大家伙一起把他拖到垃圾场。有权有势的时候，他等于是一尊神，一旦倒了台，他连阴沟里的马拉还不如。马拉反正死了，无所谓，可他还活着呀。人生就是一套纵横捭阖的把戏，要好好钻研它，照着办，这样才能永远保持优越的处境。'"

夏尔是个过于受人抬举的人物，父母过于溺爱，上流社会过于奉承，使得他不可能有什么深厚的感情。母亲在他心里种下的一点点金子，早在巴黎这台压榨机里压得瘪瘪的，他拿来在表面做做样子，而且用多了，摩来擦去，也旧得不成样子了。不过夏尔那时只有二十一岁。在这种年纪，生命的稚嫩似乎还伴随着心灵的单纯。声音，目光，面貌，看上去都像是有点儿人情。所以纵使是最铁面无情的法官，疑心最重的诉讼代理人，待人最苛刻的高利贷主，看到一双水汪汪的眼睛，一个平展展的额头，也总是犹豫不决，不敢断定这人会有一颗老谋深算的心。夏尔还从来没有机会，来实地运用巴黎的处世准则。迄今为止，他还是一副少不更事的稚嫩仪容。可是不知不觉之间，利己主义已经侵入他的内心。巴黎人专用的那套政治经济学，已经在他心头萌芽，潜滋暗长，只要他从一个无所事事的旁观者变成现实生活中的演员，立时就会开出花来。

　　几乎所有姑娘都完全信赖表面上的美好希望，即使欧也妮也和某些外省姑娘一样谨慎，一样善于观察，但在堂弟住在她家里，言行举止与内心想法仍然一致的时候，她能怀疑他吗？一个偶然的机会，对她来说当然是命运所使然，使她看到了堂弟内心最后一次流露真情，听到他良心的最后几声叹息。

　　她把这封她觉得充满了爱情的信放下，尽情地打量着睡着了的堂弟。她觉得这张脸上还留着人生稚嫩的梦想，她心里暗暗发誓，一定要永远爱他。接着她的目光又移到另一封信上，并不觉得这种冒昧行为有什么不合适。而且，她开始看这封信，是想发现一些新的证据，表明堂弟品性高尚。一如所有女人，她对于自己选定的意中人，总是想象他具有多么高尚的品格。

　　　　亲爱的阿尔封斯，你读这封信的时候，我已经没有一个朋友了。不过我向你承认，我在怀疑上流社会那帮满口友谊的家伙时，并没有怀疑你的友情。所以我托你帮我料理事情，并相信你会卖得一个好价钱。我的处境，你现在想必已经知道。我已一无所有，想远走高飞，去印度碰碰机会。我刚才写了一些信，给我多少欠了几个钱的人。我凭记忆所及，开列一张表，附在信后。我的藏书、家具、车辆、马匹等，大概足以抵偿欠债。我希望留下的，只是那些没有多少价值，又有可能给我拿去做买卖的小玩意。亲爱的阿尔封斯，在此给你寄上拍卖委托书，以免引起争议。我那些武器，请你给我寄来。至于布里冬，你就留下自用好了。这匹好马是没有人出得起价的，我情愿送给你，就像临死的人把戴惯了的戒指送给他的遗嘱执行人一样。法里·布雷依曼运输公司给我造了一辆十分舒适的旅行马车，尚未交货，请你想法说服他们留下车子，不向我索赔。他们若不同意，可以另作商量，总之以我目前的处境，不能再损坏名声。我欠那个岛民六路易赌债，别忘了替我还他……

"亲爱的堂弟。"欧也妮唤了一声，丢下信，端起蜡烛，蹑手蹑脚地溜回自己的房间。

进房后，她乐不可支地打开一具旧橡木书桌的抽屉——那是文艺复兴时期最精美的家具之一，上面还依稀看得出那著名的王室徽记——拿出一只红丝绒大针包，那上面用金银线锁边，已经磨旧了，坠着金流苏，这是祖母遗下的东西。她很骄傲地掂着钱包的分量，又高高兴兴地把她已经忘记数目的小小积蓄点了一遍。

她先拣出二十枚崭新的葡萄牙金元。那是1725年约翰五世铸造的，每枚值五个里斯本，或者据她父亲说，值一百六十八法郎六十四生丁，但市价值到一百八十法郎，因为这些金元十分少有，铸造精致，金光闪闪。

接着,她又拣出五枚热那亚金元,每枚一百镑,也是少见的古钱,值到八十七法郎,但金币收藏家可以出到一百法郎。这是从老外公德·拉贝特利耶先生那里得来的。

再接下来,是三枚腓力五世时代的西班牙金洋,1729年铸造。冉蒂耶老太太给她的时候,总是忘不了叮嘱一句:"这小黄饼饼,可贵重哩,值到九十八利勿尔哩。小乖乖,好好收着,将来是你私蓄中的宝贝哩。"

再后,是她父亲最看重的东西,面值一百杜卡托的荷兰金币,1756年铸造,成色有二十三开多一点,差不多是十成赤金了。每枚约合十三法郎。

再后,是一大堆珍品!……各种各样的勋章,这是守财奴看得最宝贵的东西,还有三枚刻着天平的卢比,五枚刻着圣母的卢比,都是二十四开的纯金,蒙古大帝的货币,精美绝伦,单是金子的重量就值三十七法郎四十生丁,识货的玩主可以出到五十法郎。

再后,是四十法郎一枚的拿破仑金币,她前天得到后,随便扔在钱包里的。

这些珍宝之中,有些是全新的、尚未用过的金币,那是真正的艺术品。对于这些宝贝,葛朗台老爹时常要问一问,要瞧一瞧,好告诉女儿它们内在的美质,如边饰是如何精致,币面是如何光亮,字体是如何富丽,那分明的棱角尚未磨蚀分毫。可是,这天夜里,欧也妮既没有想到这些宝贝是多么珍贵,也没有想到父亲的癖好,更没有想到把父亲如此珍爱的东西送人会有多么危险,她一心想的只是她的堂弟。左算右算,终于算出来,她这笔财产,本身大约合五千八百法郎,照市价大概可以卖到六千法郎。

看着自己的这笔财产,她不禁快乐得拍起手来,就像一个孩子,过于高兴,非得要天真地动一动,来宣泄满溢的快乐不可。

这样一来，做父亲的和做女儿的都把自己的家底盘算了一遍：做父亲的是为了把金子拿去变卖，做女儿的则是为了把金子扔进爱情的大海。

欧也妮把金子装回旧钱包，抓在手里，毫不犹豫地就往楼上走。堂弟不为外人所知的贫困使她忘记了黑夜，忘记了体统。而她的良知，她的牺牲精神，她的快乐也给了她勇气和力量。

她一手持蜡烛，一手抓钱包，正要走进房间时，夏尔醒来了，睁眼看见堂姐，不觉一惊，愣住了。欧也妮走进去，把烛台放在桌上，声音激动地说：

"堂弟，我对你不起，做了一件大错事，要请你原谅。只要你不追究我的罪过，上帝也会宽恕我的。"

"什么事呀？"夏尔揉着眼睛问。

"我看了这两封信。"

夏尔脸红了。

"至于我怎么会看的，我为什么上楼来，这些问题，"她说，"说实话，我现在也搞不清楚了。不过，看了这两封信，我也不会觉得十分后悔，因为我了解了你的心，你的灵魂，还有……"

"还有什么？"夏尔问道。

"你的计划，你需要一笔款子……"

"亲爱的堂姐……"

"嘘，嘘，堂弟，小声点，别把大家吵醒了。这里，"她说着，打开钱包，"是一个可怜姑娘的积蓄。她也没有什么需要，用不着这些钱。夏尔，收下吧。到今天早上，我还不知道钱是什么东西，是你教我明白了，钱不过是一种工具，仅此而已。堂弟就跟亲弟弟差不多。姐姐的钱包，你尽管拿着用就是了。"

欧也妮说是大人其实还是少女，根本没有料到会遭拒绝。可是堂弟一声不吭。

"哦，你不肯收下？"欧也妮问道，寂静之中，听得见她的心怦怦直跳。

堂弟犹豫不决，让她颇为难堪，可是她的脑子里越来越鲜明地映现出堂弟困窘的情形，于是她屈起膝头要跪下来。

"你不收下，我就不起来！"她说，"堂弟呀，你行行好，给我一声回答，好不好？……让我知道你肯不肯赏脸，肯不肯包容，肯不肯……"

听到这颗高尚的心灵发出的绝望的呼喊，夏尔不由得心头一热，眼泪潸然而下，掉在堂姐手上。他一把扶住她，不让她跪下。欧也妮感到这几滴热泪，立即跳起来，抓住钱包，把钱倒在桌上。

"喂，你答应收下了，是不是？"她问，快乐得流出了眼泪，"你别怕，堂弟，你将来会发财的。这些金子会给你带来好运的。等你有钱了再还我就是了。再说，我们也可以合伙呀。你提什么条件都行。可是你不要把这笔小小的馈赠看得这么重。"

这时夏尔才好不容易地表达自己的心情。

"是的，欧也妮，我再不接受，就显得心胸太小气了。可是，我总不能白受。人心换人心嘛。"

"这是什么意思？"欧也妮有点儿害怕地问道。

"听我说，亲爱的堂姐，我这里有……"

他停住话，指着柜子上一只套着皮套的方匣子。

"你看见了，那里面有一件东西，我看得和生命一样宝贵。这只匣子是母亲送我的礼物。今天早上以来，我一直在想，要是母亲能够从坟墓里出来，一定会亲自把这匣上的金子卖掉，就像她当初出于一片深情，花了好多金子，为我打制这只匣子。可是要我自己来卖，那就太亵渎了。"

欧也妮听到最后一句，紧紧地握住堂弟的手。

两人噙着热泪，默默地对视了一会儿，夏尔又开腔道：

"不，我既不愿意把它毁掉，又不愿带着它去冒路上的风险。亲爱的欧也妮，我就把它交给你保管。朋友之间交托的东西，从没有一件比它更为神圣。你只要瞧一瞧就知道了。"

他走过去拿了匣子，抽掉皮套，打开盖子，伤心地把里面装着的梳妆用品指给堂姐看。只见那一整套器具精雕细镂，做工精巧，那工艺的价值超过了黄金本身的价值，直把欧也妮都看呆了。

"你看到的这些还不算什么，"他说着按了一个弹簧，打开了一个夹层，"喏，对我来说，最珍贵的东西在这儿。"

他抽出两张肖像，都是肖像画名家德·弥尔贝尔夫人的杰作，四周镶满珍珠。

"啊，多漂亮的人儿，你的信就是写给这位太太的……"

"不是，"他微笑着说，"这是我母亲，这是我父亲，也就是你的叔叔和婶婶。欧也妮，我要跪下来求你替我好好保存这件珍宝。我要是遇到不测，丢掉了你的小小的财产，这些金子可以用作赔偿。至于这两帧肖像，我也只愿托付给你。只有你才有资格保存。你如有什么难处，宁可把它们毁掉，也不能让它们落到外人手里……"

欧也妮一声不吭。

"喂，你答应收下了，是不是？"他顽皮地补上一句。

听到堂弟把自己刚才问他的话又拿过来反问自己，欧也妮瞧了他一眼，那是情有独钟的女人第一次瞧恋人的眼光，又娇嗔又深情。夏尔拿起她的手，在上面印上一吻。

"纯洁的天使！你我之间，钱永远算不上什么东西，是不是？……感情，只有感情才重要，从今以后，感情就是一切。"

"你像你母亲。她的声音是不是也像你的这样柔和？"

"哦，那可柔和得多……"

"是啊，你听起来当然是这样。"她垂下眼帘，说，"好吧，夏尔，你睡吧，我要你睡，你累了。明天见。"

她轻轻地把手从堂弟的手中抽出来。夏尔端着蜡烛为她照路。两人一起走到门口，夏尔叹息道：

"为什么我落得倾家荡产呢？"

"不要紧，我父亲有钱，我认为他有钱。"她回答道。

"可怜的孩子，"夏尔朝房间里走了一步，往墙上一靠，说，"他要有钱，就不会让我父亲死，也就不会让你过这种清苦日子。总之，他会完全是另一种活法。"

"可是他有弗鲁瓦尔那块地呀。"

"那能值多少？"

"我不清楚。可他有胡桃庄。"

"一个破农庄！"

"还有葡萄园和草场……"

"都是些穷产业。"夏尔说，一脸不屑的神气，"要是你父亲一年有二万四千利勿尔的收入，你们还会住在这种阴冷破落的房间里吗？"他一边说一边迈开左脚走了一步，"我的珍宝就装在那里面吗？"他指着一口旧箱子问，借以掩饰他的思想。

"你去睡吧。"她说，不许他走进一间凌乱不堪的房间。

夏尔退了出去，两人相视一笑，表示告别。

两人做着同样的梦睡着了。从此，夏尔悲痛之中，有了几分慰藉。

第二天上午，吃午饭以前，葛朗台太太发现女儿在陪着夏尔散步。年轻人仍然一脸愁苦，好像一个不幸的人落入苦海深渊，在估量深度的时候,已经预感到未来的艰难。

欧也妮看到母亲惶惶不安的脸色,便说:

"父亲要到吃晚饭的时候才回来哩。"

从欧也妮的脸色、神态,以及显得特别温柔的声音,都很容易看出,她与堂弟已经心念相通。也许,在体验到使他们结合的爱情的力量之前,他们的灵魂已经热烈地融为一体。夏尔待在厅堂里,暗自忧伤,谁也不去打扰他。三个女人各自有事。葛朗台忘了交代事情,家里来了不少人。瓦匠、管工、泥水匠、挖土工、木匠、园丁、佃户都有。有的是来谈修缮费的,有的是来交租的,有的是来讨账的。葛朗台太太和欧也妮不得不来来去去,应付工匠和乡民没完没了的问话。拿侬把人家送来抵租的东西搬进厨房。她总是要等主人吩咐,才知道哪些可以留下,哪些该送到菜场去卖。葛朗台老头的习惯,也和大多数乡绅一样,喝的是劣酒,吃的是烂果子。

大约在下午五点光景,葛朗台从昂热回来了。他把金子换了一万四千法郎,而且装在荷包里的,都是实打实的王家库券,在拿去买公债之前,还有利息可拿。他把克努瓦耶留在昂热,照料那几匹累得半死的马,让它们休息好了再慢慢赶回来。

"太太,我从昂热赶回来,肚子饿了。"他说。

拿侬从厨房里朝他嚷道:"从昨天到现在你就没吃过东西?"

"没有。"老头子回答。

拿侬端上汤来。一家人上桌用饭时,德·格拉桑上门来看他的主顾有什么吩咐。葛朗台老头跟侄儿照面都没打一个。

"慢慢吃吧,葛朗台,我们等会儿再谈。"钱庄老板说,"你知道昂热的金价吗?有人赶到那儿收了,去南特做生意哩。我打算送一点儿去。"

"别送了,"老头子回答,"送去的够多了。我们是好朋友,不能让你白费工夫。"

"可是到了十三法郎五十生丁啊。"

"应该说到过这个价钱。"

"你是从什么鬼地方听来的？"

"我昨夜去了昂热。"葛朗台小声回答。

钱庄老板惊讶得一愣。接着两人便咬着耳朵交谈起来。谈话之间德·格拉桑和葛朗台对夏尔望了几眼。大概是老箍桶匠要钱庄老板替他买进十万法郎公债吧，德·格拉桑惊讶得不由自主地又是一愣。

"葛朗台先生，"他对夏尔说，"我要上巴黎去，你要是有事情要办……"

"谢谢，先生，没有什么事情要办。"夏尔回答道。

"侄儿呀，你谢谢他，还得再客气些。先生上巴黎，是去料理纪尧姆·葛朗台商号的事情。"

"这么说，还有点儿希望？"夏尔问道。

"那当然，"老箍桶匠装出自豪的样子嚷道，"你不是我的侄儿吗？你的名声不就是我的名声？你难道不姓葛朗台？"

夏尔站起来，搂住葛朗台老爹，吻了一下，然后一脸煞白地走了出去。欧也妮十分敬佩地望着父亲。

"好了，再见，我的好德·格拉桑，一切拜托了。先把那帮家伙哄住再说。"

两个老谋深算的人物握了握手，老箍桶匠把钱庄老板一直送出大门，关了门回来，倒在圈椅里，对拿侬说：

"给我来点黑茶藨子酒。"

但他过于激动，在椅子上坐不住，又站起来，注视着德·拉贝特利耶先生的肖像，一边唱着歌，一边扭起拿侬称为舞步的步子：

> 我有一个好爸爸，
>
> 当的是法兰西近卫军……

拿侬、葛朗台太太、欧也妮三人面面相觑，没有吭声。老头子快乐到极点的时候，她们总是感到害怕。

晚会很快就告结束。先是葛朗台老头早早就想上床睡觉，而他一上床，全家人都得上床，就像波兰王奥古斯都一举杯，波兰全国都得醉倒一样。其次，拿侬、夏尔和欧也妮的疲倦也不下于一家之主。至于葛朗台太太，睡觉，吃饭，喝水，没有一件不是听凭丈夫的意愿行事。不过，在饭后消化的两个小时里，老箍桶匠从来没有这么兴致勃勃，发表了不少名言警句，我们只要举出一句，读者便可看出他有多么机智。他喝完酒，望着杯子说：

"嘴唇刚沾上，杯子就干了！人生也是如此。要了过去，就得不到现在。钱也是这样，花了出去，就不会留在你口袋里，不然，那人生就太美了。"

他快快活活，和气得很。拿侬搬纺车来的时候，他说：

"你也累了，别干了。"

"啊！好的！……不然，我会烦躁得很。"拿侬回答道。

"可怜的拿侬！来点黑茶藨子酒，好吗？"

"啊！黑茶藨子酒，我可不会说不的。太太亲手酿的，比那些药剂师酿的好多了。他们卖的哪里是酒，简直是劣药。"

"他们糖放得太多了，一点酒气都没有了。"老头子说。

第二天早上八点，全家人聚在一起吃早饭，头一次呈现出和和美美的情景。不幸把葛朗台太太、欧也妮和夏尔连接在一起，就连拿侬也不知不觉地对他们生出同情。这四个人开始亲密得像一家人。至于葛朗台老头，守财奴的本性得到满足，又确知花花公子不久就要动身,除了到南特的旅费外他不用多花一个钱,所以家里还住着这个客人,他几乎也没有放在心上。他听任两个孩子,他是这样称呼欧也妮和夏尔的,在葛朗台太太的照管下自由行动。在伦理道德和宗教信仰方面,他对妻子是信任有加的。草场要开畦,路边要挖沟,卢瓦尔河边的地里要种杨树,园子里和弗鲁瓦尔的冬活,这些都要他劳神费心,再也没有工夫来管旁的事情。从此,对于欧也妮来说,爱情的春天开始了。自从她半夜把财宝送给堂弟之后,她的心也随着财宝而去。两姐弟同守着一个秘密,彼此相视的时候都透出心心相印的亲密,使他们的感情更深,更知心,更相投合,好像生活在一个更为神圣的世界上。难道亲戚间就不允许有温柔的口气,和含情的目光么?因此欧也妮乐于用情窦初开时那种单纯的快乐来使堂弟忘却痛苦。

　　生命之初与爱情之始难道没有一些颇为动人的相似之处?我们不是用甜美的歌声和温柔的目光来给孩子催眠?我们不是给他讲一些美妙的故事来装饰他的前程?不是时刻希望为他展开那美妙的翅翼?他不是一时欢乐得流泪,一时痛苦得哭泣?他不是为了一些微不足道的小事,如搭宫殿的石子,或刚摘下就忘记的花草而哭闹吗?他不是饥渴地抓紧时间,急于成长壮大吗?爱情是我们第二次长大成人。对于夏尔和欧也妮来说,童年与爱情其实是一码事:都是充满稚气的初生之情,而且,正因为他们的心已被忧伤包裹,而格外抚慰人心。再者,这爱情是冲破丧服的层层重压诞生的,所以跟这所破旧老屋里的外省简朴气氛只会更为协调。在一片沉寂的庭院里,站在井边与堂姐匆匆交谈几句;坐在小花园长满青苔的长椅上,忘情地说着一些毫无意义的话,直到太阳落山;或者在城墙与老屋之间的宁谧气氛中沉思默想,仿佛置身在教堂的拱廊下,夏尔这才领悟到爱情的圣洁。因为他那位贵妇,他那亲爱的安奈特让他感受的，只是暴风雨般的骚动不安。这时他已抛开那打情骂俏、贪慕虚荣、招摇炫耀的巴黎式情爱，而醉心于这真正的纯粹的爱情。

他爱屋及乌，也喜欢上这座房子，不再觉得这屋里的生活习惯有什么可笑的了。每天一大早，他就下楼，赶在葛朗台配给当天的食物之前跟欧也妮说几句话。一听见老头子的脚步声在楼梯上响起，他就赶紧溜进花园。他们这种清晨的约会，把母亲都瞒过了，拿侬则装作没有看见，因此两人聚在一起，那一丝犯罪的感觉，给他们那世上最纯洁的爱情，增添了几份偷吃禁果的快乐。

吃过早饭，葛朗台老头出门视察他的产业，夏尔便跟母女俩待在一起，帮她们绕绕线团，看她们干活，听她们闲聊，从中感受到从未有过的快乐。这种近乎修道院式的简朴生活，深深地感动了他，因为他得以认识了这些不知外部世界为何物的美好心灵。他原以为这种风气在法国已荡然无存，在德国如果有的话，可能也只存在于传说，存在于奥古斯都·拉封丹的小说。可是他很快发现欧也妮便是典型的歌德笔下的玛格丽特，但是没有她那份过失。

总之，夏尔的目光、话语，日益迷住了可怜的姑娘。她奋不顾身地投入了爱河，紧紧地抓住幸福，就像游泳者抓着一条柳枝要上岸休息一样。这飞逝的日子里最快乐的时光，不是已经被那即将离别的忧伤弄得黯然失色了吗？每一天，总有一些细小的事件在提醒他们离别在即。

德·格拉桑走后三天，葛朗台带夏尔来到初审法庭，签署声明，放弃继承父亲的遗产。那神态庄严极了，外省人对于这种事情，向来是这么一本正经。这真是可怕的声明！简直是背叛家庭，不认爹娘！他又到克罗旭公证人那里，签署了两份委托书，一份给德·格拉桑，一份给替他出售家具的朋友。接着他又办了一些必办的手续，申领出国护照。最后，夏尔在巴黎定做的朴素的丧服送来后，他就把索漠城的裁缝叫来，把自己多余的衣服卖给他。这件事让葛朗台老头十分高兴。

"啊！这才像一个出远门发大财的人呢。"他看见侄儿穿起粗呢黑衣服，便赞许道，"好，很好！"

"我请你相信，先生，"夏尔回答道，"我知道我的处境，会夹着尾巴做人。"

"这是什么东西？"老头子看见夏尔手里握着一把金子，不由得眼睛一亮，问道。

"先生，我把纽扣、戒指，所有值几个钱的小东西都归拢到一起，可是我在索漠没有熟人，想请你……"

"买下来吗？"葛朗台打断他的话问道。

"不是的，伯父，是想请你介绍一个诚实的人……"

"交给我吧，侄儿。我拿到上面去替你估一估，回来告诉你它们值多少，保你不会错，误差顶多一生丁。"

他打量着一条长链，说：

"这是首饰金，十八到十九开。"

老头子伸出大手，接过那一把金子，带走了。

"堂姐，"夏尔对欧也妮说，"请允许我送你这两颗纽扣。你可以用来扣腕带，眼下这种腕饰流行得很哩。"

"我也不客气，就收下了，堂弟。"她说着，对他会心地望了一眼。

"伯母，这是我母亲的顶针，我一向当作珍宝，收在旅行用具匣里。"夏尔说着，把一个精致的金顶针送给葛朗台太太。这是她想了十年的东西。

"侄儿，你这番心意，真是无法用言语感谢。"老太太眼含热泪说，"我在早晚祈祷时，要为你虔诚地祷告，祈求上帝保佑出门人一路平安。我要是不在世了,也会交给欧也妮替你保存的。"

这时葛朗台推门进来,说:"侄儿呀,一共值九百八十九法郎七十五生丁。免得你跑来跑去找买主,我来给你钱好了……用利勿尔结算吧。"

在卢瓦尔河一带,用利勿尔结算的意思,就是要把六利勿尔一个的银币当作六法郎结算,不能扣去成色。

"伯父,我真不敢开口要你买下,"夏尔说,"可是在你们居住的城里变卖首饰,实在是不好意思。拿破仑说过,脏衣服要在家里洗。因此我得谢谢你的好意。"

葛朗台搔搔耳朵。一时间大家都没有出声。

"亲爱的伯父,"夏尔又说道,一边不安地望着他,生怕伤了他的自尊心,"伯母和堂姐都赏脸收了我一点小小的东西当作纪念品,你能不能收下我这副袖扣呢?这对我反正没有什么用了,可是却能让你想起,一个可怜的孩子在远方想念着你们呢。从今以后,他就只剩你们这些亲人了。"

"我的孩子!我的孩子!你可不能这样把东西送光……太太,你收了什么?"他转过身来,贪婪地问道,"哦,一个金顶针。你呢,小乖乖?嚄,一副钻石搭扣。好吧,我的孩子,你的袖扣,我就收下吧。"他握住夏尔的手,"可是……你要答应我……替你……对……替你付……你到印度的路费。是的,我来替你出路费。再说,孩子,替你拿这些首饰去估价的时候,只算了金子的钱,也许做工还能值点钱。这样吧,我给你一千五百法郎……用利勿尔结算,那还得向克罗旭去借,家里一个子儿也没有了,除非佩罗泰把拖欠的租子给我缴来。瞧,瞧,我这就找他去。"

他拿了帽子,戴上手套,走出门去。

"你就走吗?"欧也妮问道,对他又忧伤又钦敬地看了一眼。

"该走了。"他低下头,回答道。

几天以来,夏尔的言谈、举止、神态,无不表露出他内心的深悲巨痛。可是,他深感自己责任重大,在不幸中又汲取了新的勇气。他不再唉声叹气,已经成了个男子汉。因此,看到他穿着黑色的粗呢衣服下楼,那身衣服与他苍白的脸色、哀伤的神态非常协调,欧也妮便把堂弟的性格了解得更清楚了。这一天,母女俩穿上丧服,和夏尔一起去堂区教堂,参加为纪尧姆·葛朗台举行的追思弥撒。

吃午饭时,夏尔收到几封巴黎来的信,一封封看了。

"喂,堂弟,怎么样,事情还办得满意吗?"欧也妮低声问道。

"女儿呀,永远不要问人家这些事情。"葛朗台说,"真是怪了,我的事都不告诉你,堂弟的事儿你干吗还去打听呢?别烦他了。"

"哦,我没有什么不能告诉别人的事情。"夏尔说。

"你呀,你呀,你呀,侄儿,你将来会知道,生意场上可得把嘴巴抿紧。"

等到花园里只剩了两个恋人,夏尔便把欧也妮拉到胡桃树下那条旧凳上坐下,告诉她:

"阿尔封斯这个人,我没有看错。表现真不差,把我的事情办得又忠诚又小心。我在巴黎的债务全清了。家具都卖了好价钱。他还告诉我,他请教了一个远洋船的船长,把剩下的三千法郎买了一批欧洲的新奇小玩意,拿到印度可以大赚一笔。他把我的行李发运到南特,那里有一条船开往爪哇。再过五天,欧也妮,我们就得分手了,也许是永别,至少也得很长时期不能见面。我那点货,还有两个朋友寄给我的一万法郎,不过是一个小小的开头。得干好多年我才可能考虑回来的事。亲爱的堂姐,别为我误了终身大事。我可能死在外面,你也许会遇到一门有钱的亲事……"

"你爱我吗?……"她问。

"啊!当然爱。很爱哩。"他回答,声音深沉,显示出感情的深厚。

"那我等你,夏尔。上帝呀,我父亲在窗口哩。"她把靠过来想拥抱她的堂弟推开。

她逃到拱廊下面。夏尔紧随其后。看到他跟过来,她又躲到楼梯脚下,推开通往过道的门,也不知道是怎么搞的,竟摸到了拿侬的小房间外面,那里是走道里最暗的地方。一路跟着的夏尔,抓起她的手,把她拉到自己怀里,搂着她的腰,让她轻轻地贴着自己的身子。欧也妮不再推拒,接受了夏尔的一个吻,也还给他一个最纯洁、最甜蜜、最深情的亲吻。

"亲爱的欧也妮,堂兄弟比亲兄弟好,因为他可以娶你。"夏尔说。

"那就这样定了!"拿侬打开她那小房间的门,嚷道。

两个恋人吓了一跳,逃进厅堂。欧也妮拿起活儿干起来,夏尔则拿起葛朗台太太的祷告书念起《圣母经》来。

"瞧!"拿侬说,"我们都在做祈祷呢。"

自从夏尔宣布了动身的日期,葛朗台便忙碌起来,以便让人家相信,他对侄儿十分关心。凡是用不着花钱的地方他都十分大方。他留心为侄儿找一个做包装箱的工匠,回来却说箱子要价太贵,打算利用家里的旧板子,亲自替他做。一大早他就起来了,刨呀,锯呀,砍呀,钉呀,忙个不停,做出几口漂亮的箱子,把夏尔的衣服全装了进去。他又负责装船,办了保险,及时把它们从卢瓦尔河运送到南特。

自从走道里吻过那一吻以来,欧也妮越发觉得日子快得可怕。

有时她竟打算和堂弟一起走算了。凡是尝过最依依难舍的恋情滋味的人，凡是体验过因为年纪、时光、痼疾，以及某种人生的不幸而使恋情过一天少一天的人，都会理解欧也妮的烦恼了。她常常在花园里一边走一边流泪。如今这花园、院子、房子，乃至整座城市对她来说都太窄小了。她的心早已飞向了那茫茫无际的大海。

终于到了动身的前一天。一大早，欧也妮趁葛朗台和拿侬都不在家，把藏有两张肖像的珍贵匣子放进柜子唯一上锁的抽屉。原先那里装了钱的荷包如今已经空了。做这件事的时候，当然免不了一遍遍地亲吻，一遍遍地流泪。欧也妮在把钥匙贴着胸口收好的时候，竟没有勇气阻止夏尔亲吻那个地方。

"朋友，我会永远把它放在这儿。"

"那好，我的心也永远放在这儿。"

"啊，夏尔，这不行。"她带着几分责备说。

"我们不是结婚了吗？"他说，"你已经答应了。现在让我来答应你。"

"我是你的人。永远不变心！"这句话双方说了两遍。

普天之下，没有任何承诺比这个誓言还要纯洁。欧也妮的纯真使夏尔的爱情也一时间变得圣洁起来。

第二天早上，早餐桌上一片沉闷。拿侬收了夏尔送的金线睡衣和十字架项链，虽说不至于感动得说不出话来，却也是热泪满眶。

"先生啊，可怜的孩子单身一人，要漂洋过海……愿上帝给他引路。"

十点半钟光景，全家人一起出门，送夏尔去搭开往南特的驿车。拿侬把狗放出来，又关好大门，一定要替夏尔提随身小包。老街上的所有商人都站在店铺门口，观看这一行人走过。到了广场，公证人克罗旭也加入进来。

"欧也妮，等会儿别哭。"母亲提醒道。

走到客店门口，葛朗台一把抱住夏尔，亲他两颊，说道："侄儿，你一身精光动身，一定要万贯家财回来。那时，你就会发现你父亲的名誉秋毫无损。我这个姓葛朗台的人敢给你打包票，因为那时只要你……"

"啊，伯父，你这么一说，我动身就不觉得太难受了。这不是你送我的最好礼物吗？"

老箍桶匠的话，夏尔还没有听明白，就打断了，还感动得在他那张古铜色的脸上洒满热泪。欧也妮则一手紧紧握着堂弟的手，一手握着父亲的手。只有公证人在一旁微笑，暗暗佩服葛朗台的精明狡诈，因为只有他才看得透老头子的用心。

这四个索漠人，加上围在他们身边的几个旁人，一直站在车前，等到他出发，当车子上了桥，看不见了，只听见远远传来的车轮声时，葛朗台说了声：

"一路顺风！"

幸好只有克罗旭听见了这句话。欧也妮和母亲走到码头上一处还能看见驿车的地方，挥着白手巾致意，夏尔也在车里扬着手巾回答。等到再也见不到夏尔的手巾时，欧也妮对母亲说：

"母亲，我这阵子要是能像上帝那样神通广大就好了。"

为了使葛朗台家中的事件不致中断，有必要先把老头子托德·格拉桑在巴黎办的事情交代一下。钱庄老板动身一个月以后，葛朗台以八十法郎一百的价钱，在户头上打进了十万利勿尔的公债。至于这个疑心重重的家伙想出了什么办法，把款子划过去，把公债吃进来，他死后给他编造财产清单的人也没有提供详细资料。克罗旭公证人认为拿侬不知不觉地充当了运送款子的工具。因为那期间女仆正好有五天不在家，说是到弗鲁瓦尔去料理什么东西，仿佛老头子真会在那边落下什么东西似的。至于纪尧姆·葛朗台商号的事情,老箍桶匠预先筹划的事情竟然件件都得以实现。

众所周知,法兰西银行对于巴黎和外省富豪的家底都摸得一清二楚。索漠城的德·格拉桑与弗利克斯·葛朗台都榜上有名,而且像那些拥有巨大的地产可以自由支配的大金融家一样,信用很好。因此,只要听说索漠的钱庄老板到巴黎来,清理葛朗台商号的债务,便足以让那些债权人放弃签署拒绝证书的念头,从而使死去的葛朗台免受了一次羞辱。财产是当着所有债权人的面启封的。公证人按照规矩把遗产清理造册。

德·格拉桑旋即召集债权人开会,大家一致推举索漠的钱庄老板和一家大商号的老板,同时也是主要债权人的弗郎索瓦·凯勒为清算人,同时授予他们挽回债款和挽救葛朗台家族信誉所必不可少的权力。索漠城葛朗台的信用,德·格拉桑摇唇鼓舌在债主心中煽起的希望,都使交易变得容易。居然没有一个债主不肯就范。谁也不曾考虑权衡一下自己的债款会盈会亏,只想着:

"反正索漠城的葛朗台会偿付的。"

过了六个月,那些巴黎人把流通在外的那些债券收了回来,藏在他们的皮包底层。这是老箍桶匠要达到的第一个目标。

头次集会以后九个月,两个清算人把债款的百分之四十七发还给每个债主。这笔款子是把已故葛朗台的证券、动产、不动产和一切零星杂物变卖得来的。整个变卖活动一丝不苟,锱铢必较。

这次清算极为公正,光明磊落,债主们都乐于承认葛朗台家的信誉无可指责,令人赞赏。这番赞誉在外面流转一通之后,债主们又要求偿还余款了。他们联名写了一封信给葛朗台。

"哼!果然来了!"老箍桶匠把信往火炉里一扔,说道,"耐心等着吧,亲爱的伙计们。"

作为对信中所提要求的答复，索漠城的葛朗台要求把所有的债权证书存放在一个公证人那里，同时附一张已经清偿的部分的收据，以便核对账目，并把遗产准确地登记造册。把所有的债权证书存放在一起有诸多困难。债主通常是一些脾气古怪的家伙。今天准备达成协议了，明天又想把一切推入血与火之中，过后又变得极为宽厚。今天太太情绪很好，小儿子长牙齿了，家事和顺，他便一个子儿都不肯让；明天逢着下雨，不能出门，心情抑郁，他便事事同意，只求早早把生意了结；再过一天，他又要抵押了，到了月底，他声称要把你干掉，这个刽子手！债主就像那种呆笨的家雀，大人鼓励孩子把盐粒放在它尾巴上，让它去抓，它却老是扑空。当然债主反对用这种画面来形容他们放债，可是他们放出去的债却总是收不回。

葛朗台细心观察债主们的气象变化。而他弟弟的那帮债主果然如他所料。有的生气了，干脆拒绝存放。

"好！事情办得不错。"葛朗台读着德·格拉桑的来信，搓着手说。

另一些债主同意存放，不过附有条件，要确认他们的权利，声明任何权利都不能放弃，甚至要保留宣布破产的权利。通信商量的结果，是索漠城的葛朗台把对方提出的全部保留条件都答应下来。借用这一步妥协，债主中的温和派说服了强硬派，大家抱怨一番之后，还是把证书交出来了。

"这家伙，简直在嘲弄你和我们。"有人对德·格拉桑说。

纪尧姆·葛朗台死后两年差一个月，许多商人卷进了巴黎的风波，把葛朗台到期应付的债款给忘了，有的人即使想到了，也只是自忖："大概能拿到的，也只是百分之四十七了吧。"

老箍桶匠算准了时间的力量，他说时间是个好家伙。到了第三年底,德·格拉桑写信给葛朗台,说巴黎的葛朗台商号仍欠二百四十万法郎,不过只要拿出百分之十,他就可以把债主摆平,让他们交出债券。葛朗台回答说,他弟弟寻短见,是由公证人和证券经纪人的破产造成的,可是现在这两人还活着,还逍遥自在得很!现在得对他们起诉,好让他们拿出一部分,以减轻我们的负担。

到第四个年头,欠款的数目确定为一百二十万法郎。清算人与债主,清算人与葛朗台之间反复商量,耗去六个月时间。简而言之,到了这一年的九月,索漠城的葛朗台感到压力太大、非付不可的时候,又找到理由,回答清算人说侄儿在印度发了财,向他表示要把亡父的债务全部付清;因此,他不能不和侄儿商量,就私自了结这些债务。他要听候侄儿的回音。

到了第五年年中,债主们每每去信催促,得到的回复总是"将全部付清"。老奸巨猾的箍桶匠吃吃地暗笑着,隔上一阵子就把这句话说上一遍,说完还得换上一副诡谲的笑容,骂上一句:

"这些巴黎蠢货!"

这些商人命中注定,要倒这种生意场上前所未有的血霉,等到本故事的情节迫使他们再度出场的时候,他们的境况依然如故,仍然被葛朗台套着。

公债涨到一百一十五法郎的时候,葛朗台老头出手了,从巴黎提回二百四十万法郎左右的黄金,加上公债本身的六十万法郎的利息,一起装进了他那些小木桶。德·格拉桑留在巴黎没回,原因是,首先,他被选上了国会议员;其次,他虽然是一家之长,却对索漠城索然无味的生活感到厌倦,迷上了夫人剧院一个漂亮的女戏子佛洛丽纳,当年军需官的放荡习性又在钱庄老板身上死灰复燃了。他的事情就不必说了,反正索漠人认为那是伤风败俗,极不道德。他太太还算幸运,分到了家产,尤其是很有头脑,要了索漠的钱庄，仍以他的名义打理业务，把他在外寻花问柳、荒唐胡闹，败掉的家产补回来。克罗旭派在一旁使绊儿，使这个活寡妇的处境更是窘上加窘，一个宝贝女儿也胡乱嫁了人，娶欧也妮做媳妇的念头也只得放弃。阿道尔夫上了巴黎，和德·格拉桑一起，据说变成了十足的坏人。克罗旭派终于获胜。

"你先生真糊涂。"葛朗台凭担保借钱给德·格拉桑太太时说，"我很同情你。你算得上是一个贤妻良母。"

"啊，先生，"可怜女人回答道，"那天他从你家动身去巴黎时，谁又想到他会走上这条断送自己的路呢？"

"太太，老天做证，直到最后一刻，我还拦着他不让他去。庭长先生当时想方设法要换下他自己去。我们现在才明白他为什么要争着去了。"

这样，葛朗台就丝毫也不欠德·格拉桑的了。

第五章　家庭的苦难

不论处境如何,女人的痛苦总是比男人多,而且也更深。男人坚强有力,且能行使他的能力:干事,行走,操心,思考,直奔前程,并从中得到慰藉,夏尔便是一例。而女人则是静止不动的,面对着悲伤无以分心。悲伤在她脚下裂开了一个深渊,她投进深渊,下到渊底,测量它的深度,并常常用眼泪和心愿来填平它。欧也妮便是这样。她初步认识了自己的命运。感受异性的吸引,恋爱,痛苦,做出牺牲,永远是女人一生的四部曲。欧也妮是个十足的女人了,却没有女人能得到的那种慰藉。她的幸福,正如博叙埃那精辟的议论,如同墙上拔出的钉子,永远也不可能堆满掌心的。悲伤从不迟到,对她则更是急速而来。夏尔动身的第二天,在大家眼里,葛朗台公馆又恢复了原来的样子。可是欧也妮却觉得它突然一下变得空空荡荡。她背着父亲,让夏尔的房间保持他离开时的模样。葛朗台太太和拿侬倒心甘情愿促成她的愿望。

"谁知道他会不会早点回来呢?"她说。

"啊,我真愿意在这里再见到他。"拿侬说,"我服侍他也习惯了!多温和、多完美的孩子,模样儿俊俏,头发卷卷的,像个大姑娘。"

欧也妮看着拿侬。

"啊呀呀,圣母玛利亚,我的小姐哟,你这样的眼睛,要把灵魂打入地狱的哟！你可千万别这样瞧人呢！"

从这天起，葛朗台小姐的美丽又换了另一番韵味。有关爱情的那些庄重想法慢慢地浸透了她的身心，有人爱恋的女人那份自尊，使她眉宇之间有了画家用光环来表现的那种光辉。堂弟未来之前，欧也妮可以与未受圣胎的童贞女相比，堂弟走了以后，她却像做了圣母的童贞女：她已经心有所爱了。这两个截然不同的玛利亚，被几个西班牙画家表现得那么栩栩如生，成了基督教里随处可见的最光彩照人的形象之一。夏尔走后，她就发愿，天天去望弥撒，第二天从教堂回来，她去城里书店买了一张世界地图，钉在镜子旁边的墙上，以便能跟着堂弟上印度，能早晚登上他那条船，看看他，向他提无数的问题，问他说：

"你好吗？难不难受？你教我学会辨认那颗美丽的星星，告诉我它的定向作用，现在你看到它想到我没有？"

早上，她坐在胡桃树下虫蛀而生满灰绿色苔藓的长凳上兀自出神。在这里，他们说过那么多美好的情话，说过那么多废话，也做过那么多结婚成家的美梦。她望着围墙框出的一方天空，想着未来，接着又望着古老的城墙，和夏尔住过的房间上的屋顶。总之，这是孤独的爱情，真正的爱情，它持久不退，渗入每一个念头，成了生命的养分，或者如我们的父辈所说，成了生命的材料。

晚上，当葛朗台老爹那些所谓的朋友上门聊天的时候，她显得很高兴，把真情掩藏起来，可是第二天，她和母亲，和拿侬聊夏尔，一聊就是一个上午。拿侬明白，她对小主人同情，并不影响她对老主人应尽的职分。她对欧也妮说：

"我要是有了心上人……就是跟他下地狱也认了……我会……跟他……什么……总归，我为他把命送掉也不可惜。可是……可是……咳！没有人疼我呀！人生是什么滋味，我到死也尝不到。小姐,你信不信,克努瓦耶老家伙,说来说去他还是个好人,老是围着我转哩,是在盯着我的积蓄,就像那班家伙,来这儿向你献殷勤,还不是看上你老爹的金子?我明白哩,我还精明,别看我胖胖的像只圆桶,我可不傻。咳,小姐,虽说这不是爱情,可是我还是挺高兴的。"

两个月就这样过去了。从前家里的日子过得那么单调,现在,因为大家那么关心欧也妮的秘密,生活也变得有了生气,而且三个女人也更为亲密。她们觉得夏尔仍在厅堂里,在那灰暗的天花板下面生活、走动。每天早上、晚上,欧也妮都要打开匣子,把婶婶的肖像端详好一阵。在一个星期天的早上,她正专心致志地瞧着肖像,想从中看出夏尔的轮廓时,不巧被母亲撞见。于是葛朗台太太知道了姐弟俩交换宝物的可怕秘密。

"你全给了他吗?"母亲大惊失色地问,"到元旦那天,你爹要看你的金币,你怎么跟他说?"

这一句话把欧也妮问傻了,眼光发直。母女俩半个上午惶恐不安,稀里糊涂的错过了大弥撒,只参加了小弥撒。

再过三天,1819年就要结束。再过三天,一场可怕的事情也会要发生了。那是一场平民百姓的悲剧,没有毒药,没有刀光剑影,没有血流成河,但对剧中人来说,却比阿特里得斯家族发生的所有惨剧还要残酷。

"我们怎么办?"葛朗台太太把毛活儿放在膝头上,问女儿。

可怜的母亲两个月来受了不少打搅,以致冬天需要的一副羊毛袖套至今尚未织好。这件家常小事看上去无关紧要,却给她引来不良后果。她丈夫大发雷霆时,她吓出一身冷汗,因为没有袖套,着了凉。

"可怜的孩子,你要是早点儿告诉我,我们还来得及写信给德·格拉桑先生,让他在巴黎给我们收几块相似的金币寄来,虽然你爹看得很熟,但也可能……"

"可是,从哪儿去弄那么大一笔钱呢?"

"有我的私蓄做抵押。再说德·格拉桑先生也可以为我们……"

"可是晚了。"欧也妮喑哑哽塞地打断母亲的话,"明天早上,我们就得去他房间,跟他拜年了。"

"不过,女儿呀,我为什么不去找克罗旭他们想办法呢?"

"不行,不行,那不是把我卖给他们,我们今后得受他们支配了。再说,我已经打定了主意,我又没做错事,没有什么好后悔的。上帝会保佑我的。听天由命吧。啊,你要是读了那几封信,你也会一心为他着想的,母亲。"

次日就是1820年元旦。一大早,母女俩畏怯之下,突然想出一个极为自然的托词,不像往年那样恭恭敬敬地到葛朗台的房间去向他拜年。1819年与1820年之交的冬天是多年一遇的寒冬。屋顶上堆满了厚厚的积雪。

葛朗台太太听见丈夫在他房间里走动,便说:

"葛朗台,叫拿侬在我房间里生点火吧。我冷得很,盖了被子都冻僵了哩。到了这把年纪,也不得不保重点了。"她稍停了一下,又说,"另外,让欧也妮到我房间里来穿衣。这么冷的天,在她房间里收拾打扮,会要闹出病来的。过后我们到厅堂里,到壁炉边给你拜年吧。"

"你呀,你呀,你呀,瞧你说的话!葛朗台太太,你就是这样新年大发吗?你从来没有这么啰唆。我想,你不至于吃了酒浸的面包吧。"

他停住话。夫妻俩都没有作声。过了一会儿,老头子大概心软了,又说:

"好吧,就照你的意思办,葛朗台太太。你是个好女人。到了这把年纪,我也不想让你闹个三病两痛的,虽说拉贝特利耶家的人个个都是铁打的身子。"他稍一停顿,又叫道,"哎,你说是不是?不过,话说回来,我们反正遗产也到手了,就原谅他们身子骨太结实吧。"

说完他咳嗽几声。

"老爷,你今早蛮高兴的。"可怜女人认真地说道。

"我一直是这样高兴,我。"说罢他唱起来:

"高兴,高兴,你这箍桶匠只知高兴,快修好你这只洗衣的盆盆!"

他穿好衣服,进了妻子的房间,又补上几句:

"是啊,他妈的,天气也确实冷得很哩。太太,咱们早上好好吃一顿。德·格拉桑给我捎来了香菇鹅肝酱。我得上运输公司去拿。"说着他附在妻子耳边轻声道:

"他也给欧也妮捎来了一块值四十法郎的拿破仑金币。我没有金子了,太太。跟我可以说实话,本来有几块古币,做生意抛了。"

说罢,他在她额上亲了一亲,表示新年的祝贺。

"欧也妮,"慈祥的母亲叫道,"不知你父亲做了什么好梦,一早上起来和气得很。嗯!兴许我们能够瞒过去。"

"老爷今天是怎么啦?"拿侬走进太太房里生火时说,"他看见我,就说:'胖婆子,你好,新年大吉啊。去太太房间里生一盆火吧。她直喊冷哩。'说完他伸出手来,给我一块六法郎的银洋。崭新的哩。喏,太太,你瞧见了吗?他真是个好人。还算得上一个慷慨善良的人。有的人越老心越狠,他却像你做的黑茶藨子酒一样,越老越好。他是个地道的好人,好得不得了……"

葛朗台这么开心，是因为在投机上大获成功的缘故。

德·格拉桑先生把老箍桶匠吃进十五万荷兰证券时欠他的手续费，以及买进十万公债时他垫的钱扣除之后，把一个季度的三万法郎，都是实打实的现洋，托运输公司带给他，同时又告诉他公债行情看涨的消息。行市到了八十九法郎。那些最有名的资本家，还出价九十二，收购元月底的期货。葛朗台的这笔投资才两个月，就赚了百分之十二，他核查了账目，今后每半年坐收五万法郎，既不用纳税，也没有什么损耗。外省人素来厌恶公债这种投资，而他却终于在这上面尝到了甜头。他算出不要五年，他不用费多大力气，就可使本利滚到六百万，加上地产的价值，他的财产就惊人了。给拿侬的六法郎，也许是对她不知不觉间帮的一次大忙的报酬。

"哟，哟！一大早，葛朗台老爹跑得这样急，像救火一样，是上哪儿去呀？"街上的生意人一边开铺门，一边想。

后来，他们看见他从码头回来，后面跟着运输公司一个伙计，推着独轮车，上面堆着装得满满的袋子。有人便说："水往低处流，人往银库走。老头子是去拿银钱的哩。"

"那些钱呢，从巴黎，从弗鲁瓦尔，从荷兰，源源不断地往他家流！"另一个人说。

第三人说："哪天他会把索漠城都买下来的。"

"你瞧瞧，"有一个女人对丈夫说，"他一天到晚东奔西走，忙他的生意，也不怕冷哩。"

"哎呀呀！葛朗台先生呀，"他最近的邻居，一个做呢绒生意的商人说，"你要是觉得麻烦的话，我来替你搬下车吧。"

"哦，不要紧的，只是一些铜钱。"老头子回答。

"不，是银钱。"那伙计插嘴道。

"你要是还想让我照顾你的生意,就闭上你的臭嘴。"老头子打开家门,对伙计申斥道。

"啊!这只老狐狸!我还以为他听不见哩。"伙计想道,"看来天气冷他是听得清的。"

"今天是元旦,给你二十个铜板赏钱。别讨价还价啦!快走吧!"葛朗台对伙计道,"你的车子,一会儿叫拿侬送过来。拿侬,娘儿俩望弥撒去了吧?"

"是的,先生。"

"好吧。步子大一点儿!来活儿啦!"他一边嚷道,一边把袋子递给她。

一阵子工夫,钱袋都搬进了他的房间,他把门闩上,对外面吩咐道:

"早饭弄好了,你就敲敲墙。别忘了把车子送回运输公司。"

家里通常在十点钟吃早饭。

望过弥撒回来,葛朗台太太在厅堂对女儿说:

"你爹在这里是不会要看你的金币的。再说,他如果要看,你也可以喊冷,拖过去。挨到你生日那天,我们就来得及把你的钱包再装满了……"

葛朗台一边下楼,一边想着把巴黎来的银钱马上换成实打实的黄金,还想着他那令人叫绝的公债投机。他打定主意,把收入的钱全部投进去,直到行情涨到一百为止。他是这样想,就苦了欧也妮。他进了厅堂后,两个女人立刻给他拜年。女儿跳过去,搂住他的脖子撒娇,葛朗台太太却是庄重,沉稳。

"啊,啊,我的孩子,"他说,在女儿两边脸上吻着,"你看见没有,我忙来忙去都是为你呀……我只想让你活得幸福。可是只有有钱才能快乐。没有钱,什么也没有用。喏,这是一个拿破仑,崭新的，我让人从巴黎捎来的。他妈的，家里一粒金屑子都没有了。只有你有。宝贝儿，快把你的拿出来看看。"

"啊！好冷呀！我们先吃饭吧。"欧也妮回答道。

"好呀，吃过饭再拿出来看，是吧？那会帮我们大家伙儿消化消化。德·格拉桑那个胖子，还是把这东西捎来了。"他说，"那我们就吃吧，孩子们，反正又不花我们一个子儿。这个德·格拉桑蛮不错，我很满意。他在给夏尔帮忙，而且不要酬劳。我那可怜的弟弟的事情，他办得很好。啊唷，啊唷！"他嘴里塞得满满的，含糊不清地惊叹道，停了一会儿才说，"真好吃呀！太太，你吃了没有？你吃吧，至少两天不饿哩。"

"我不饿。你也知道，我身体向来弱。"

"哎呀！你放心大胆地吃，不会把肚子撑破的。你是拉贝特利耶家的人，是个壮壮实实的女人。你是有点儿黄不拉叽的。可是我就喜欢黄色。"

也许，囚犯在等待当众受辱处死的刑罚时，也不会像葛朗台太太母女俩在等待早饭后要发生的事情时那样惶恐不安。老头子越是吃得高兴，讲得开心，母女俩就越是提心吊胆。只不过做女儿的在这种场合还有点支持：她从爱情中汲取力量。

"为了他，为了他，就是死上一千次我也认了。"她心想道。

这么一想，她便朝母亲投去燃烧着勇气的目光。

到十一点，早饭吃完了。葛朗台吩咐拿侬道：

"桌上的全撤走。桌子别搬。看起你那笔小财富来也舒服一点儿。"他望着欧也妮说，"小财富？我的天，不小了。你那些宝贝折起来，也合五千九百五十九法郎了，加上今早给的四十，六千只差一法郎了。好吧，为了给你凑足整数，我再给你一法郎吧。小宝贝，你瞧……呃，你干吗听我们说话，拿侬？抬脚走吧，干你的活

141

去。"老头子说道。拿侬走开了。

"听我说,欧也妮,你得把那些金子给我。老爸的要求,你不会不答应吧,嗯,小宝贝?"

母女俩都没有作声。

"我没有金子了,我。从前有,现在没有了。我给你六千法郎,利勿尔结算。等会儿我告诉你一个办法,你把它们放出去。别想什么古钱不古钱的了。你将来出嫁的时候,咦,这事也快了,我要给你找一个男人,他会给你最漂亮的古钱,外省人听都没听说过。小宝贝,好好听我说。现在来了个大好机会。你把六千法郎拿去买公债,半年就有近二百法郎利息。而且不用纳税,没有损耗,不怕下雹子,不怕冰冻,不怕涨大水。不用担心什么东西搅了收成。小宝贝,你也许是舍不得这些金子,嗯?还是给我吧。以后有什么金币,不管是荷兰的、葡萄牙的,还是蒙古卢比、热那亚金元,我都替你收集。加上每年节日生日给的,不出三年,你那份可观的小财产就找回了一半。小宝贝,你还有意见吗?抬起头来吧。好了,去拿来,好乖乖。我把钱怎么生怎么死这样的秘密都告诉了你,你真该吻吻我的眼睛。真的,钱和人一样是有生命的,活蹦乱跳,来来去去,也流汗,也生产。"

欧也妮站起来,缓缓朝门口走了几步,突然转过身来,正视着父亲,说道:

"我没有金子了。"

"你没有金子了!"葛朗台一听这话,就像马听见十步开外大炮轰鸣,两腿一伸就站了起来,吼道。

"是的,没有了。"

"欧也妮,你糊涂了吧。"

"没有。"

"叫我爹小刀戳的!"

箍桶匠每次这样开骂,楼板都颤抖起来。

"好圣人好上帝哟!太太脸都发白了。"拿侬叫道。

"葛朗台,你发这么大的火,把我都吓死了。"可怜的女人抱怨着说。

"你呀,你呀,你呀,你们这些女人,在家里是死不了的!欧也妮,你拿那些金币干什么去了?"他朝她猛扑过去,大声吼道。

"先生,"欧也妮搂着母亲的膝头说,"母亲难受得很哩。你瞧,你不要把她逼死呀。"

葛朗台看见妻子平常蜡黄的脸变得煞白,吓坏了。

"拿侬呀,快帮帮我,让我躺下。"做母亲的声音微弱地说,"我要死了。"

拿侬和欧也妮赶紧伸手扶住她,费了好大力气才把她移上楼,因为她一身软软的,全然没有了知觉。

葛朗台开始一个人留在楼下,过了一会儿,他走上七八级楼梯,大声吼道:

"欧也妮,你母亲躺下了,你就下来!"

"好吧,父亲。"

她把母亲安顿好,说了几句体贴话,让她放心,就赶紧下楼来。

"女儿呀,快告诉我,你的财宝弄到哪儿去了?"

"父亲呀,你送我礼物,又不让我完全做主,那你收回好了。"女儿冷冷地说,抓起壁炉上的那枚拿破仑,递给父亲。

葛朗台一把抓过来,塞进腰上的小钱包里。

"我想,我往后什么也不会给你了。连这个也不给。"说着他"嘚"的一声拿大拇指甲敲了一下门牙,"你瞧不起父亲,不信任他,你不知道父亲是什么人。他要不是比什么都重要,就什么都不是！说，你的金子拿到哪儿去了？"

"父亲呀，尽管你生气，我还是爱你，尊敬你。可我还是要大胆地说一句，我已经二十二岁了。你怕我不知道，常常告诉我，我是大人了。所以我把自己的钱按自己的心意派了用场。请放心，我没有乱用……"

"用在什么地方？"

"这是秘密，不能告诉。"她说，"难道你没有秘密吗？"

"我不是家长吗？我难道不能有自己的事吗？"

"可我也有我的事呀。"

"要是你连父亲也不能告诉，那这件事一定不是好事。"

"是一件大好特好的事。但我确实不能告诉父亲。"

"至少得告诉我，你是什么时候把金子拿出去的？"

欧也妮摇摇头，表示不行。

"你生日那天还在吧，嗯？"

欧也妮因为爱情长了几个心眼儿，并不逊色于父亲那被吝啬养成的心计。她仍然摇摇头不作回答。

"这样执拗的性子，这样卑鄙的偷盗，从来没有见过。"葛朗台越嚷声音越大，响遍了整个屋子，"怎么！在这里，在我的屋子里，在我自己家里，竟有人拿走了你的金子！家里唯一剩下的金子！而我竟不知道是谁拿的！金子确是珍贵的东西。即使是最诚实的姑娘，也难免不做错事。拿点东西送人，这在侯门王府，小户人家，都是常见的事情。可是拿金子送人，这就不一样了，因为得便宜的是那个人呀，嗯？"

欧也妮仍然毫无表情。

"你这样的女儿真没有见过！我还算不算是你父亲啊？你把金子拿去派了用场，总有个收据呀……"

"我能不能自由支配这笔钱，拿去干我觉得应该干的好事？这笔钱是不是我的？"

"可你还是个孩子。"

"我已经成年了。"

葛朗台叫女儿堵得一时没了词儿，气得一脸煞白，又是跺脚，又是咒骂，最后，想出几句话来，便咆哮道：

"你这不肖的女儿！你这没出息的家伙！你明明知道我爱你，就任性胡来。你是要气死你父亲！没问题，你是要把我们的家产扔到那个穿摩洛哥皮靴的叫花子脚下。糟糕的是我不能取消你的继承权，岂有此理！可是我可以诅咒你，你堂弟，你的堂弟和你的孩子！你明白吗，这事你没有什么好果子吃的？如果是夏尔……不，不会是他，不可能。什么！这可恶的花花公子，竟偷……"

他望着女儿。女儿冷冷地不吭一声。

"她不动，眉头也不皱。比我葛朗台还要葛朗台！至少，你没有把金子白送人吧？嗯，你说呀！"

欧也妮望着父亲，那嘲弄的目光气得他直冒火。

"欧也妮，你是在我家里，在你父亲家里。你要留在这里，就要听我的话。神甫们也要你服从我。"

欧也妮低下头。

"你偏偏拿我最看重的事来惹我生气。回你的房间去吧。什么时候变乖了，听话了，我才见你。没有我的吩咐，不能出来。吃的喝的由拿侬给你送。听见了吗？走吧！"

欧也妮哭成个泪人儿，赶忙逃到母亲身边。

葛朗台在园中的雪地上走了一圈又一圈，根本不觉得寒冷。忽然起念一想，女儿也许躲在太太房间里，不由得高兴起来，因为她违抗命令，叫他给逮住了。

他像猫一样轻捷地爬上楼梯，出现在太太的房间里，正好看见女儿的脸埋在母亲怀里，母亲抚摸着她头发，说：

"别难过，可怜的孩子，你爹会慢慢消气的。"

箍桶匠一听这话，立即吼道："她没有爹了！葛朗台太太，这样不听话的女儿，是我和你生的吗？受了那么好的教育，还信宗教教育哩！喂，你怎么不待在自己房间里。快，快，小姐，去你的牢房。"

"先生，你硬不让女儿守着我吗？"葛朗台太太指着自己烧得通红的脸说。

"你要留她，就把她带走，两个人都从我屋里滚出去。电打雷劈的，金子在哪儿？金子怎么样了？"

欧也妮站起来，冷傲地看了父亲一眼，走进自己的房间。老头子赶紧在外面把门锁上。

"拿侬，"他吼道，"把厅堂里的火熄掉！"

然后他在太太房里壁炉角上的一张扶手椅上坐下，对她说：

"那些金子，她没准是给了夏尔那可恶的鬼东西。那家伙图的就是我们的钱。"

葛朗台太太钟爱女儿，看到女儿被逼得这么惨，也变得坚强起来，装聋作哑，表面上十分冷静。

"这些事我根本不知道。"她朝床里翻过身子，避开丈夫那咄咄逼人的目光，"你这样生气、发火，让我很难受。我有一种不祥的感觉，恐怕只能被人抬出这间房子了。先生，我从来没有惹你气恼过，至少，我是这样认为的。现在你总应该饶过我了。女儿很爱你，我相信她跟新生儿一样清白单纯，你就别难为她了。放她出来吧。天气这么冷，你会让她生一场大病的。"

"我不想再见她，也不想跟她说话。她得关在房间里，只有水和面包，直到让父亲满意为止。像什么话？难道一家之长连家里的黄金到哪里去了也不该知道？她那几块卢比，在法国恐怕是独家所有了。还有热那亚金元，荷兰杜卡托……"

"先生，我们只有欧也妮这么一个女儿，她就是把金子扔在水里……"

"扔在水里！"老头子吼起来，"扔在水里！葛朗台太太，你发疯了吧。你也知道，我从来说到做到。你要是想求得家里清静，就去劝劝你女儿，让她说出实情。女人劝女人，总比我们男人劝女人管用。不管她做了什么事，我总不会把她吃掉的。她也许是怕我吧？她要真是拿金子把堂弟从头到脚打扮一番，他现在也已经到了海上，我们追也追不上了……"

"那么，先生……"

或许是因为神经紧张，或许是因为女儿的不幸，葛朗台太太变得更为慈祥和精明，目光锐利，看出自己说话的当口，丈夫鼻头的肉瘤可怕地抽动了一下，于是改变了主意，但是口气没有变：

"那么，先生，你对女儿都没有办法，我还能管住她吗？她什么也没对我说。跟你一个样。"

"见鬼了！你今天怎么变得这样伶牙俐齿了。你呀，你呀，你呀，你一定是在跟我捣鬼。说不定你早就跟她串通好了。"

他死死地盯着妻子看。

"真的，葛朗台先生，你要是想要我死，就这样干下去。我已经跟你说过，即使要为此送命，我也还要再说一次：你这样对待女儿是不对的。她比你有理性。这钱本是属于她的，只要用得正当就行。我们做的好事，只有上帝才有权知道。先生，我求求你，饶了欧也妮，好不好？……这样，你发火给我的打击也减轻了，也等于是救了我的命。先生，还我女儿！还我女儿！"

"我走了,"老头子说,"这家里待不下去了。母女两个想事儿,说话,全是这个样子……哎哟哟……哟!欧也妮呀,你好狠哩,送我这样一份新年礼物!"他叫起来,"是啊,是啊,你哭吧!你做的事,将来会后悔的。你听见了吧?你瞒着父亲,把金子送给一个懒汉,那一个月两次圣餐不是白吃了?那懒汉把你什么都吃光后,就会要吃你的心了。你别看你的夏尔现在穿着摩洛哥皮靴,一本正经的样子,到底是个什么东西,将来会看到的。他没有良心,没有灵魂,因为他拿了一个可怜姑娘的珍宝,不经她父母同意,就带走了。"

当临街的大门关上后,欧也妮走出自己房间,来到母亲身边,说:

"你为了女儿,真是勇敢哩。"

"孩子,你这下看到了,我们做了不该做的事,会弄得多么狼狈!……你都害我撒了一次谎。"

"啊!我祈求上帝只惩罚我一个人。"

"这可是真的?"拿侬慌慌张张地跑来,说,"小姐往后只能吃面包和清水吗?"

"这有什么要紧的,拿侬?"欧也妮若无其事地问道。

"啊!小姐只有干面包吃,我还能经常吃好东西么?不行!不行!"

"拿侬,这些话,你一句都不要说。"欧也妮说。

"那我就闭紧嘴巴了。不过你看着吧。"

到了晚上,葛朗台独自一人用晚饭。二十四年来这是头一次。

"先生哪,你这下倒成了单身汉了。"拿侬对他说,"家里有两个女人,还做单身汉,也不是个滋味。"

"我没有跟你说话,拿侬!闭上你那张臭嘴,不然我就把你赶出去。那边炉子上扑扑地响,锅里煮的是什么?"

"炼油哩……"

"等会儿有客来,把炉子生好。"

晚上八点,克罗旭家的那几个,德·格拉桑太太母子俩一起来了。没有见到葛朗台太太和欧也妮,大家都觉得奇怪。

"太太有点儿不适。欧也妮陪着她。"老葡萄园主说道,显得无事一样。

德·格拉桑太太上楼去看望葛朗台太太。大家闲聊了一个钟头左右,她下来了。各人都问她:

"葛朗台太太怎么样?"

"很差,真的很差。"她说,"我觉得她的身体叫人担心。葛朗台老爹,到了她那把年纪,要格外当心喽。"

"再看看吧。"老头子心不在焉地说。

大家跟他道别出来。走到街上,德·格拉桑太太告诉克罗旭家的几个人:

"葛朗台家一定出了什么事情。那做母亲的气色很坏,可她自己还不知道。女儿的眼睛红红的,像是哭过很久。莫非是他们要把她嫁出去,她不愿意?"

拿侬等老头子睡下后,穿着软鞋无声无息地走进欧也妮的房间,拿给她一个平底锅上煎出的肉糜饼。

"拿着,小姐,"好心的佣人说,"克努瓦耶送我一只野兔。你的食量不大,这点肉糜够你吃七八天的了。天气冷得很,不会坏的。至少,你不用吃干面包了。那样吃下去会伤身体的。"

"可怜的拿侬!"欧也妮抓着她的手说。

"我是精心做的,又香又嫩。也没被人看见。我买了肥肉、调料,都是从我那六法郎里开支的。这几个钱我是可以做主的。"

说完,拿侬以为听见了葛朗台的响动,就溜走了。

几个月里，老头子一天之中，好几次去看太太，却是绝口不提女儿，也不去看她，连暗指她的话也没说一句。葛朗台太太不出房门一步，身体一天比一天差。可是老头子根本不回心转意，始终强硬，粗暴，冷酷，像是一座花岗岩。他仍一如既往，按时出门，回家，可是说话不再口吃了，做生意时心肠更狠，算账时也常常出错。

"葛朗台家一定是出了什么事。"克罗旭派和德·格拉桑派都这样说。

"葛朗台家究竟是怎么啦？"索漠城的人晚上上哪家串门子，一般都这样问。

欧也妮上教堂，总由拿侬陪着。从教堂出来时，碰上德·格拉桑太太跟她说话，她总是含糊其词，无法满足问话人的好奇心。不过，无论对克罗旭家的几个人，还是对德·格拉桑母子，都不可能把欧也妮被禁闭的秘密保守过两个月。到了一定的时间，就找不出理由来解释她为什么老不出来见客了。也不知是谁把秘密透露了出去，全城人都知道从元旦起，葛朗台小姐就被父亲禁闭在房间里，只有面包清水，没有火烤；只有拿侬时常做点好吃的半夜送进去；大家甚至知道女儿只能趁父亲出门的时候去探望和照料母亲。

于是葛朗台的行为激起了公愤，大家简直取消了对他的法律保护。从前他的背叛行为和冷酷做法又被重新提起。人人都耻于与他为伍。他走在街上，大家都指着他的背小声议论。

当欧也妮由拿侬陪着，走在弯弯曲曲的街道上，去教堂望弥撒或做晚祷时，所有的人都挤在窗口，好奇地观察那富有的女继承人的脸色和神态，发现那上面显露的，只是一丝淡淡的忧愁和天使般的柔美。对她来说，她的禁闭，她在父亲面前的失宠根本算不得一回事。她不是照样看到世界地图、花园、园中的长椅吗？不是照样回味爱情的亲吻留在唇上的甘甜吗？城里人对她的议论，她和她父亲过了好一阵才知道。对上帝的虔诚和纯洁，内心的良知和爱情，都给她提供力量，耐心地忍受父亲的愤怒和报复。

但是有一种痛苦盖住了所有其他的痛苦。这就是母亲的身体每况愈下。这个温柔娴静的女人临近死亡的时候，灵魂射出的光辉使她显得格外动人。欧也妮常常责备自己，认为自己虽然无心，却害得母亲遭受那残酷病痛的煎熬。这种悔恨，虽然经她母亲一再劝慰，有所平息，可是却使她越发想到爱情。每天早上，父亲一出门，她就来到母亲的床头，在那里接下拿侬送来的早点。可怜的欧也妮看到母亲为疾病所苦，倍觉忧伤与痛苦，只是悄悄让拿侬注意母亲的脸色，暗自垂泪，不敢提起堂弟夏尔的名字。倒是母亲拿女儿没有办法，不得不先开口：

"他在哪儿呀？怎么没有信来？"

母女俩都不清楚夏尔离她们有多远。

"我们想着他就是了，母亲。"欧也妮说，"别提他。你在害病哩。你比一切都要紧。"

所谓"一切"，其实指的就是"他"。

"孩子们呀，"葛朗台太太常说，"我对人生倒并不留恋。上帝保佑我，让我看到苦难日子走到尽头时只觉得高兴。"

这个女人的话总是这么虔诚圣洁。那一年的头几个月，当丈夫走到她房间，来陪她吃早饭时，她总是翻来覆去对他说几句同样的话。语气十分温柔，可是也十分坚决，因为她已知自己来日无多，反倒增添了勇气。

"先生，我身体不好，谢谢你的关心。"每当丈夫例行公事般地问她身体如何时，她总是这样回答，"我是活不长久的了。要是你想让我最后的日子活得轻松一点儿，减轻一点儿痛苦，那就饶了女儿吧。你应该像个基督徒，像个好丈夫、好父亲。"

葛朗台听她说这些话的时候，总是坐在床边上静静地听着，也不答话，就像一个人遇着大雨，安安静静地在门楼下躲雨一样。要是遇上太太极其动人、极其温柔、极其诚恳地求他，他就会说：

"可怜的太太，你今天气色不大好。"

他那砂岩一般的额头上，那抿得紧紧的嘴唇上，仿佛刻记着他已把女儿忘得干干净净。听了他那空泛的几乎一成不变的回答，妻子苍白的脸上热泪纵横，可是他在这种情形下也毫不感动。

"先生，愿上帝原谅你。就像我原谅你一样。"她说，"有朝一日，你会需要上帝怜悯的。"

自从妻子病倒后，他再也不敢说那可怕的"你呀，你呀，你呀！"，可是妻子这个温柔天使脸上溢射着纯洁善良的光彩，丑貌一天天消失，这种面容的变化却未使他的专横有所收敛。

葛朗台太太完全靠精神撑持着。由于祷告的力量，她那粗陋的面部轮廓似乎变得细腻，纯净，有了光彩。有一些圣洁的面庞，灵魂的习惯最终战胜了丑陋的轮廓，把思想升华后那种高尚纯洁所特有的生气印在上面，这种脱胎换骨的现象谁又没有注意过？在这个女人身上，痛苦把虚弱的身体煎熬完后，换上了这样一副样子，叫仍是铁石心肠的老箍桶匠看了，也不免有些感动，即使是微乎其微也罢。不过，如果说他说话不再那样飞扬跋扈，他却是用另一种方式，来维持一家之长的至高无上的地位，那就是无论做什么，都不吭一声。

忠心耿耿的拿侬在市场上露面时，耳朵里常常会传进几句对主人的奚落或抱怨，虽然舆论一致指责葛朗台，可是出于家庭的荣誉，她还是为他辩护。

"哎呀！"她对那些说葛朗台坏话的人说，"我们年纪来了，心肠不都会变得硬一点吗？他的脾气狠一点，你们为什么就容不得呢？你们千万不要乱嚼舌头了。小姐像王后一样生活哩。她确实是一个人待着，可她就喜欢这样。再说，我的东家也有自己的道理。"

大约是在春末夏初的时节，葛朗台太太千祷告万祷告，也没有劝和葛朗台父女，觉得十分苦恼，比受病痛折磨还难熬，终于忍不住把内心的痛苦告诉了克罗旭家的几个人。

"无缘无故，就罚一个二十三岁的大姑娘，只让她吃干面包，喝清水，竟有这种事情？"德·蓬风庭长嚷道，"这构成了虐待罪；她可以控告，依据……"

"喂，侄儿呀，"公证人说道，"别扯那种法庭上的腔了。太太，你放心，明天，我就让他解除禁闭。"

听见众人在谈她的事儿，欧也妮走出房间，对大家说：

"先生们，"她傲气十足地往前跨了一步，"请你们不要管这件事。我父亲是一家之主。只要他在家里，我就得服从他的意愿。他的行为，用不着大家来赞成或者不赞成，他只对上帝负责。我求你们看在友谊的份上，绝口不要提这件事。指责我父亲，就是诋毁我们。先生们，你们对我关心，我深表感谢，可是你们若能制止城里的那些飞短流长，我更会感谢你们。那些闲话，我没有特意打听都听到了。"

"她说得对。"葛朗台太太说。

"小姐，要制止人家说长道短，最好的办法，就是还你以自由。"老公证人恭恭敬敬地答道。幽禁、忧伤和爱情使欧也妮别具风韵，把他深深地打动了。

"好了，女儿呀，这事儿，就让克罗旭先生去办吧，既然他有把握办好。他了解你爹的为人,知道怎么去说服他。我没有多少日子活了,你要是希望我快乐一点,就无论如何要和父亲和好。"

葛朗台自从把欧也妮禁闭起来后,就养成了一个习惯,每天在小花园里走几圈。第二天也不例外。他趁欧也妮梳头的时候,就在小花园里转起来了。走到大胡桃树下,老头子便藏在树干后面,把女儿的长头发打量了好一阵子。这时他的心摇摆不定,又想依着脾气,固执到底,决不妥协,又渴望着亲吻女儿。他常常在夏尔和欧也妮海誓山盟的那条虫蛀的小长椅上坐一会儿。这时,欧也妮便偷偷地瞧父亲几眼,或者借着镜子看父亲。要是老头子站起身,又开始散步,她便有意坐在窗前,端详着那一段城墙。那里,各种美丽的花草从墙上纷披下来,裂缝里长出铁线蕨、牵牛花和一株肥硕的、黄不黄白不白的植物,那是索漠城和图尔城的葡萄园中常见的景行花。

克罗旭公证人一大早就来了,发现老头子坐在小长椅上,周身披着那六月天的好阳光,正望着女儿出神。

"克罗旭先生,有什么事要我为你效劳吗?"老头子看见克罗旭,问道。

"我有些事情来和你谈谈。"

"哦,哦,你是有金子,要来跟我换大钱吗?"

"不是,不是,与钱的事情无关。是有关你女儿欧也妮的事儿。眼下大伙儿都在议论你和她哩。"

"他们有什么可搅和的?我再不济,好歹也是个一家之长。这栋屋子里的事儿总该我说了算吧!"

"是啊,是啊,你就是自杀,或者更糟,从窗户里往外边扔钱,别人也管不了你。"

"你这是什么话?"

"喂！我的朋友，你太太可是病得不轻哪。你该请贝日冷大夫来看看，她弄不好性命难保哇。她要是得不到好好的诊治，死了，我看你以后心里就别想安静了。"

"你呀！你呀！你呀！你知道我女儿害的是什么病！那些医生呀，只要进了门，一天要来五六次哩。"

"好吧，葛朗台，你愿意怎么办，就怎么办好了。我们是老朋友了，凡是有关你的事，索漠城没有一人有我这样关心。因此我心里有什么话，应该告诉你。不过，随你怎么办吧，你又不是孩子，知道怎样为人处事。再说，我又不是为这事来的。有些别的事，恐怕对你要严重得多。说来说去，你总不至于把太太害死吧。她对你可是太有用了。你想想，要是太太死了，你在女儿面前是个什么处境？你得把账向她交底。因为你与你太太是财产共有。你女儿有权利要求分家，有权利卖掉弗鲁瓦尔那块地。总之，她继承她母亲的财产，而你是不能继承的。"

这番话，在老头子听来，好似晴天霹雳。法律上的事儿，他远不如生意上的事儿那样在行。他从没有想到共有财产也能拿来拍卖。

"因此，我劝你对她和气一点儿。"克罗旭把话说完了。

"可是，克罗旭，你知道她做了什么事吗？"

"什么事？"公证人好奇地问，很想听听葛朗台说出隐情，也好知道家庭不和的由来。

"她把金子送了人。"

"怎么，那些金子不是她的吗？"公证人问。

"唉，他们说的话，都是一个调调！"老头子悲伤地耸耸肩，垂下双手。

"哎呀，为了一点儿绿豆芝麻大的事，你就要制造障碍，阻止女儿在你太太死后放弃她的权利吗？"公证人又说道。

"嚄！你把六千法郎的金子叫作绿豆芝麻大的事！"

"哎呀！老朋友，要是欧也妮提出要求，那么把财产登记在册，分掉你太太的遗产，那样让你失去多少，你知道吗？"

"多少呢？"

"二十万，三十万，四十万都说不定！难道不需要把遗产拿去拍卖，才能知道确切的价值？如果你愿意……"

"他爷爷的！"老箍桶匠吼了一声，一脸煞白地坐了下来，"克罗旭，以后再说吧。"

老头子沉默了一阵，或者说是粗声喘息了一阵之后，望着公证人说：

"人生真是不容易！太多的痛苦。克罗旭，"他换上庄严的口气，"你不会骗我吧。你得以名誉向我发誓，你刚才说的，都是有法律根据的。你拿法典给我看看。我要查查法典！"

"可怜的朋友，"公证人回答道，"我不至于连本行都不熟悉了吧。"

"这倒是实话。那么说，我要给女儿掠夺、背叛、杀死、吞吃了不成？"

"她继承的是她母亲的遗产。"

"那养儿女有什么用？唉，可怜的妻子，我爱你！幸好她还硬朗，不愧是拉贝特利耶家的人。"

"她活不过一个月了。"

老箍桶匠拍着自己的额头，走过去，又走过来，然后，朝克罗旭射出一道可怕的目光，问道：

"怎么办呢？"

"欧也妮可以完全放弃继承母亲的遗产。你总不愿意剥夺她的继承权吧？不过，你要她同意这种安排，就得好好待她。老朋友，我跟你说这些话，对我可是没有一点儿好处。我是靠什么吃饭的，我呀……不就是靠清理、登记、拍卖，分配财产吗？"

"以后再说吧，以后再说吧。克罗旭，这事不谈了。你搅得我心里乱成一团。你收到金子了吗？"

"没有。可是有几块古路易，十来块吧，可以让给你。好朋友，别跟欧也妮闹了。你瞧，索漠城的人都朝你扔石子哩。"

"那些坏蛋！"

"好啦，公债涨到九十九法郎了。你这一辈子总该满足一次了。"

"九十九啦，克罗旭？"

"是啊。"

"嘿！嘿！九十九！"老头子一边念着，一边把公证人送到大门口。

回到屋里，他的心仍被刚才听到的一番话搅得七上八下，在家里待不住，便对妻子说：

"喂，孩子她妈，你可以跟女儿待一天了。我去弗鲁瓦尔办点事。你们俩好好过一天吧。好太太，今天是我们的结婚纪念日，喏，这里十个银币，给你迎圣体时上祭礼用。你不是老早就想做一场圣体瞻礼吗？你就开开心，乐一乐吧。可得当心点身体。呵，让快乐永在吧！"

他把十块六法郎的银币扔在太太床上，捧住她的头，在额上印了一吻，说：

"好太太，你好些了，是不是？"

"你心里连女儿都容不下，怎么在家里迎请宽恕一切的上帝呢？"她激动地说。

157

"你呀，你呀，你呀，"老头子声音温和地说，"你们瞧着办吧。"

"老天发慈悲啦！欧也妮，"做母亲的快乐得一脸涨得通红，大声叫道，"还不过来拥抱你爹？他原谅你了！"

可是老头子已经不见了。他迈开大步跑到园子里，想把搅成一团乱麻的思绪理一理。葛朗台已经开始他的第七十六个年头了。近两年来，他变得越来越悭吝，正如人的感情越持久越浓烈。有人曾对吝啬鬼、野心家，对所有毕生追求某种想法的人做过观察，根据这份报告，葛朗台特别痴情于象征他的激情的事物。他朝思暮想、念念不忘的，便是看见金子，占有金子。而他越是吝啬，就变得越是专制。如果因为妻子的亡故而使他失去一部分财产的支配权，哪怕是极小的一部分，在他看来也是违背天理的，难道要把财产告诉女儿，把动产与不动产全部清理登记，拿出来拍卖？……

"那等于是给自己在脖子上抹一刀。"他在一座园子中间，一边检查葡萄藤，一边大声叫道。

最后，他打定了主意，在吃晚饭的时分回到索漠城，打算向欧也妮低头弯腰，拿好言好语哄她骗她，以便能够抓着几百万家财咽气，死得风光体面。凑巧葛朗台身上带着门钥匙，便自个儿开了门，轻手轻脚地上了楼，来到妻子房间，这时欧也妮正把那只精致的梳妆匣拿来，放在母亲床上。两个人趁葛朗台不在，高兴地端详着夏尔母亲的肖像，回忆着他本人的模样。

"他的额头，嘴巴正是这样！"老头子推门进去时，正好听见欧也妮这么说。

一看见丈夫瞪着金子发绿的眼光，葛朗台太太便叫道：

"上帝呀！可怜可怜我们吧！"

老头子身子一纵,扑向梳妆匣,就像一只饿虎扑向一个熟睡的孩子。

"这是什么东西?"他抱着匣子,走到窗边,"啊,是真金!是金子!"他叫了起来,"这么多金子,足有两磅重哩。哦!哦!是夏尔拿这东西跟你换了金元,是不是?嗨!为什么不早告诉我呢?小乖乖呀,这可是笔好交易!不愧是我女儿,我可看出来了。"

欧也妮四肢直发抖。

"这东西是夏尔的,没错吧?"老头子又问道。

"是的,父亲。这不是我的。这是个神圣的纪念品,只是暂存在我这儿。"

"你呀!你呀!你呀!他拿了你的钱,总该给点东西作补偿嘛。"

"父亲……"

老头子想拿刀子撬一块金板下来,便把匣子放在一张椅子上。欧也妮扑过去想夺回来,可是老箍桶匠眼睛不离女儿和匣子,只见他伸出胳膊,狠劲一推,欧也妮就倒在母亲床上。

"先生!先生!"葛朗台太太从床上坐起来,嚷道。

葛朗台掏出刀子,准备撬匣子。

"父亲呀,"欧也妮两腿往下一跪,挪到老头子身边,向他伸出两手,央求道,"父亲呀,看在圣母面上,看在所有圣人面上,看在死在十字架上的基督面上,看在你的永福分上,看在我的生命分上,你别碰这个匣子吧!它不是你的,也不是我的,而是一个不幸的亲戚的。他把它交给我保管,我就应该完整无缺地交还他。"

"既然是交给你保管,为什么拿出来看呢?看比碰更要不得。"

"父亲呀,千万别弄坏了,不然,你就把我的名声毁了。听见了吗，父亲？"

"先生，你就行行好吧。"做母亲的也帮着求道。

"父亲呀，"欧也妮叫道，声音那样大，吓得拿侬赶紧跑上楼来。

欧也妮见手边有一把刀子，赶紧跳过去，抓在手里。

"哼！行啊！"葛朗台冷笑着说。

"先生！先生！你是要把我害死呀！"葛朗台太太说。

"父亲，你的刀子只要碰一下匣子，我就拿这把刀子捅自己。你已经害得母亲病得要死，现在又要把女儿逼死了。好吧，现在索性拼了。"

葛朗台把刀子对着匣子，望着女儿，迟疑不决。

"欧也妮，你敢这样做？"他问。

"敢的，先生。"做母亲的赶忙答道。

"她是说到做到的。"拿侬嚷道，"先生，千万别来蛮的。一生总得讲一次理吧。"

老箍桶匠看看金匣子，又看看女儿，好一阵子都没打定主意。葛朗台太太晕过去了。

"瞧见没有，好先生哪？太太晕死了。"拿侬叫起来。

"唉！孩子呀，咱们别为一只匣子闹啦。拿去吧！"老箍桶匠把匣子往床上一扔，大声说道，又转向女仆，"你，拿侬，快去请贝日冷先生。"又抓着妻子的手吻着，说，"好啦，好啦，孩子她妈，没事了。我们和好了。难道不是吗，小乖乖？也不再罚你吃干面包了。以后你想吃什么就吃什么。啊，她张开眼睛了！哎呀，孩子她妈，小妈妈，好妈妈，别担心了。喏，你瞧，我在亲吻欧也妮哩。她只要愿意，尽管去爱她的堂弟，去嫁给他，去保管他的小匣子。可是可怜的太太，你得保重自己，多活几年。好了，你动一动吧。听我说，你会有一张最漂亮的祭台，索漠城从没有见过的。"

"上帝呀！你竟是这样对待妻子女儿！"葛朗台太太有气无力地说。

"我再也不这样了。我再也不这样了。"箍桶匠大声说，"可怜的太太，你会看到的。"

他走进贮藏室，拿了一把路易出来，撒在床上。

"瞧，欧也妮；瞧，我的太太，这是给你们的。"他一边捏着金币，一边说，"来吧，太太，开开心吧，把身体养好。今后什么也不少你的了。欧也妮也一样。这是给她的一百金路易。欧也妮，这些金元，你不会再送给别人了吧，嗯？"

葛朗台太太和欧也妮大觉意外，不由得面面相觑。

"父亲，把它们收起来吧，我们只需要你的温情。"

"哦，哦，是的。"老头子一边说，一边收起金币，"我们要像好朋友一样生活。我们下楼，到厅堂吃饭去吧。每天晚上都摸彩吧，两个铜钱一盘。你们尽管玩个痛快！嗯，好吧，太太？"

"唉！我倒是愿意呵，既然这能让你快活。"奄奄一息的病人回答，"可是，我都起不来了。"

"可怜的孩子她妈，"箍桶匠说，"你不知道我是多么爱你。还有你，我的女儿！"

他一把搂住女儿，亲吻。

"啊，小乖乖，吵过架之后，再搂着女儿亲吻是多么开心的事情！哟，小妈妈，你瞧，现在我们两个变作一个了。"他又指着梳妆匣说，"把它收起来吧。去，别再担心了。我以后提都不再提一句。绝口不提。"

很快，索漠城最有名的医生贝日冷先生给请来了。诊断完毕，他告诉葛朗台，他太太病情很重，可是如果能精心调养，细心照护，使她精神上不受刺激，有可能拖到秋末。

"要花很多钱吗？"老头子问道，"要吃很多药？"

"药倒不必多吃，护理可要细心。"医生不由得微微一笑，答道。

"总归，贝日冷先生，你是个体面人，不是吗？"葛朗台说，"我相信你。我太太的病，你认为什么时候该来看，就请什么时候来看。求你救救我太太。你知道我很爱她，虽然表面上没有显出来。我把一切都埋在心里，它们搅得我心烦意乱。我也有烦恼。弟弟一死，烦恼就来了。我为他在巴黎花了不少钱……唉，说到底，事情还没有完！再见吧，先生，要是我太太还有救，请救救她，哪怕要我花上一百二百法郎也行。"

尽管葛朗台一心盼望妻子康复，因为她一死就得公开财产，而这恰恰是他头等要命的事情；尽管他对母女俩处处讨好，有求必应，搞得她们大觉诧异；尽管欧也妮尽心竭力，细心护理，葛朗台太太还是很快地往黄泉路上奔去。她的身体每况愈下，像所有在这个年纪身染痼疾的女人一样，一天比一天憔悴。她的命就像秋天的树叶一样薄。天国的光照着她，让她变得光辉灿烂，就像阳光透过树叶，给它们染上一层金色。她一生善良忍让，死得也平静淡泊，这完全是基督徒的死，这种死难道称不上壮丽崇高吗？

到了1822年10月，她的美德，她天使般的耐心，她对女儿的慈爱，放射出格外灿烂的光辉。她没说一句怨言就死了，像一只纯洁的羔羊升了天，她在尘世只有一人放心不下，那就是与她相依为命的温柔伴侣，她的女儿欧也妮，她最后望她的几眼似乎预示着女儿命途多舛。一想到把这头和她一样洁白无瑕的羔羊，孤零零地留在自私自利、冷酷无情的世界上任人宰割，她就不寒而栗。

"孩子，"她断气以前对她说，"只有天上才幸福，你有一天会知道的。"

母亲去世的次日，欧也妮找到一些新的理由，来使自己依恋这座生于斯，长于斯，尝尽辛酸苦辣，又刚把母亲送了终的房子。她一看见厅堂里的窗户和那把草垫的椅子，眼泪就潸然而下。她看见老父亲处处慈祥温和地照顾自己，便以为从前误会了他的一片好心。每到吃午饭的时刻，他便来牵她下楼；他差不多是满怀慈爱地盯着她，一看就是好几个钟头。总之，他的眼睛深情地盯着她，好像她是一块金子。

妻子死后，老箍桶匠完全变了一个人。他在女儿面前那副哆哆嗦嗦的样子，让拿侬和克罗旭家的人认为是年纪大的缘故，因为他们亲眼见到他变得衰弱不堪，甚至担心他的官能已经衰退。可是到了全家服丧那天，吃晚饭时请来了公证人克罗旭，他是唯一知道老头子秘密的人。饭后，老头子的行为便有了答案。

"亲爱的孩子，"等饭桌上的盘盘碗碗收走，门也都小心地关严后，葛朗台便对欧也妮开口了，"你母亲的财产，现在就被你继承了。不过你我之间有些小事儿得办一办，对不对，克罗旭？"

"对。"

"非得在今天办不可吗，父亲？"

"是啊，是啊，小乖乖。事情不办好，老是这样牵肠挂肚，我会受不了的。我相信，你是不忍心让我受这份折磨的。"

"呵，是的，父亲。"

"那好呀，今天晚上就把事情办了。"

"你想让我干什么呀？"

"呵，小乖乖，这就不是我的事了。克罗旭，你告诉她吧。"

"小姐，你父亲不希望把财产分开，也不愿意出卖，更不愿意为所拥有的现金支付巨额税款，因此，你和你父亲共有的财产，就应该避免清理……"

"克罗旭，你在一个孩子面前说这些话，确实有把握吗？"

"你听我说下去吧，葛朗台。"

"好吧，好吧，我的朋友。你和我女儿都不愿意剥夺我的财产的。是吧，小乖乖？"

"可是，克罗旭先生，究竟要我干什么呢？"欧也妮不耐烦地问。

"哦，你得在这份文件上签字，表示放弃继承你母亲的财产，把你父亲与你共有的财产交给他管理，用益权归他，他则保证你的虚有权……"

"你跟我说的这些，我一点儿也不懂。"欧也妮说，"把文件给我。告诉我，我该在哪里签名。"

葛朗台老爹看看文件，又看看女儿，看看女儿，又看看文件，心情是那样激动，不停地擦着脑门上渗出的豆大汗珠。

"小乖乖，"他说，"这样一份文件，送去登记时要花一大笔钱，要是你干脆放弃你可怜母亲的遗产，为你的前途把它们完全交给我来管理，什么条件也不提，那我就更满意了。我会每个月给你一百法郎利息。你瞧，你想给谁做多少弥撒都行……嗯！一个月一百法郎，按利勿尔结算，行吗？"

"父亲，只要你高兴，我干什么都成。"

"小姐，"公证人说，"我有义务提醒你，你这样做就一无所有了。"

"啊，上帝呀，"她说，"这有什么关系？"

"快住嘴,克罗旭!我们说定了,说定了。"葛朗台嚷起来,一边抓起女儿的手拍着自己的手,"欧也妮,你是个讲信义的姑娘,你是不会反悔的,是吧?"

"呃!父亲,你怎么这么说呢?……"

他激动地亲吻她,把她紧紧地搂在怀里,透不过气来。

"好哇,孩子,你给了父亲生命哪。不过,你的命是我给的,现在你把它还回来,我们就两清了,谁也不欠谁的。生意就应该这样做哩。我祝福你。你是个孝顺孩子,爱你爸爸。现在,你想干什么就干什么吧。"

公证人在一旁惊呆了。老头子转过身来,看着他说:

"好啦,明天见吧,克罗旭。至于那份放弃遗产的文件,你给我留点神,让法庭书记官早点准备好。"

次日,将近中午,欧也妮在声明上签了字,自愿放弃了财产。

可是,尽管老箍桶匠金口玉言,到了年底,他亲口许下的每月一百法郎连一个铜板也没有兑现。因此,欧也妮偶尔开玩笑提起,他也不由得脸上一红,赶紧跑进贮藏室,把从侄儿那儿买来的首饰拿来三分之一。

"喏,女儿呀,"他带着嘲弄的口气说,"把这些东西充抵你那一千二百法郎,愿不愿意呀?"

"啊,父亲呀,你真的把这些给我?"

"明年,我再给你这么多。"他说着,把首饰倒在她的围裙兜里,"这样,用不了几年,他的首饰就都归你了。"老头子搓着手,补上一句,觉得利用女儿的感情占了便宜,很是高兴。

不过,老头子尽管身体硬朗,却仍然感到有必要教女儿一些管家理财的诀窍了。连着两年,他带着女儿安排一家人的伙食,买菜收账。慢慢地,他陆续把田产庄园的名称内容告诉她。到了第三个年头,他已经让女儿适应了他的吝啬作风,并且实实在在地变成了她自己的习惯,于是放心大胆地把贮藏室的钥匙交给她,让她当家。

就这样过去了五年。欧也妮父女的单调生活中,也没有发生什么惊天动地的大事。天天都是老一套事情,做起来有条不紊,像那座老钟一样精确。葛朗台小姐的苦闷早已不是秘密,不过大家虽然感觉到她苦闷的原因,却没有听到她亲口说过一句话,来证实索漠城各个社交圈子对她感情的猜测。与她来往的人,只有那三位克罗旭,以及他们带来的几位慢慢走熟的朋友。他们教她玩惠斯脱牌,每天晚上都来玩一盘。

到了1827年,她父亲感到衰老的压力,不得不把田产的秘密告诉她,并嘱咐她,遇到什么难题,可以找克罗旭公证人商量,他的正直,老头子是清楚的。

大约到了这一年的年底,老头子在八十二岁上,得了瘫痪症,病势很快加重。贝日冷先生认为没有救了。

想到自己不久就要变得孤身一人,举目无亲,欧也妮便跟父亲更加亲近,把这亲情的最后一环抓得更紧。一如所有恋爱中的女人,在她的心目中,爱情便是整个世界,可是夏尔却不在她身边。于是她一门心思护理老父,细心周到。老头子虽说已经反应迟钝,身手不灵,悭吝的脾气却由于本能始终不改。所以这个人从生到死是一个样子。

每天一早,他就让人把他推到卧室壁炉与内室房门之间,内室里一定堆满了金子。他一动不动地守在那儿,两道极不放心的目光,轮流在前来探视他的人身上和包了铁皮的内室门之间扫来扫去。稍稍听到一点儿响动,他就要问出了什么事情。尤其叫公证人吃惊的是,他连狗在院子里打个哈欠都听得清清楚楚。表面上他迷迷糊糊，神志不清，可是一到佃户交租，或者跟管庄院的算账、立据的日子和时刻，他会立刻清醒，把轮椅推到内室门口，叫女儿把门打开，看着她亲手把一袋袋钱秘密地堆好，把门关紧。然后，等女儿把那串宝贵的钥匙交还给他，他就一声不响地回到原来的地方。他把钥匙收在背心口袋里，时不时地摸一下。

他那个当公证人的老朋友觉得，要是夏尔不回来，这个将继承大笔财产的姑娘笃定嫁给他当庭长的侄儿，便更加关心照顾他，每天都来听他的差遣，到弗鲁瓦尔，到各处田产、草场、葡萄园巡视，把收成卖掉，把账房一袋一袋堆着的钱换成金洋银洋。

临终的日子终于到了。老头子结实的身体在与毁灭搏斗。他要坐在火炉旁，面对着账房门。他把盖在身上的被子拉到胸前，紧紧裹住，还对拿侬说：

"裹紧，裹紧，别让人家偷了。"

他的全部生命力都退守在眼睛里，当他能够睁开眼睛时，立即把它们对准账房门。那里面堆满他的财宝。

"它们还在吗？它们还在吗？"他问女儿，声音里透出极度的恐慌。

"还在，父亲。"

"看住金子。把金子放在我面前……"

欧也妮把一些金路易摊在一张桌子上。老头子盯着这些金币，几小时几小时不离开，就像一个刚看得见事物的婴孩，呆呆地看着一件东西不离眼，也像婴儿一样，他露出吃力的笑容。

"我看见它们，心里就热乎了。"他说了好几次，脸上露出极为幸福的表情。

堂区的神甫来给他做临终圣事的时候，他那双看上去似乎死去几个钟头的眼睛，一见到那些十字架、烛台、银质圣水壶，突然又活动起来，一动不动地盯着。鼻头上那个肉瘤也最后动了一动。当教士把镀金十字架送到他唇边，让他亲吻基督的圣像，他却做了个骇人的动作，想一把抓过来。这最后一下努力要了他的命。他唤着欧也妮，尽管她就在面前跪着，抓着他一只已经冰冷的手，热泪横流，可是他看不见。

"父亲，祝福我，好吗？"她要求道。

"把一切都照料好。将来到了那边向我交账。"他说，用这最后一句话表明，基督教应该是守财奴的宗教。

这一来欧也妮·葛朗台在这世上就孤零零地没有一个亲人了。在这座房子里，只有拿侬与她相依为命。她只需递一个眼色，拿侬肯定心领神会。只有拿侬是真正爱她这个人的，只有跟拿侬才能谈谈心中的愁闷。高个子拿侬简直成了欧也妮的保护人。因此她不再是一个仆人，而是个地位低一点的朋友。

父亲死后，欧也妮从公证人克罗旭那里得知，她在索漠城周围的田产，每年有三十万法郎的收入，有六百万法郎公债，利息百分之三，六十法郎一手买进的，现在涨到了七十七法郎。还有价值二百万法郎的金子，十万法郎的银币，其他零星收入还没计算在内。总的估算起来，她的财产有一千七百万。

"堂弟究竟在哪儿呀？"她暗忖道。

克罗旭公证人把遗产理清、算好，交给欧也妮的那天，她孤单单地和拿侬待在厅堂里，各人在壁炉一边坐着。这间如此空落的厅堂里，从母亲坐过的草垫椅子，到堂弟喝过的杯子，一切都是纪念品。

"拿侬，我们现在没有亲人……"

"是啊，小姐；哎呀，我要是知道他那个宝贝儿在哪儿，就是走路去，也要把他找到哩。"

"可是隔着大海哩。"

当这个继承了大笔遗产的可怜姑娘,由老仆人陪着,在这座构成她的整个世界的阴暗屋子里啜泣时,从南特到奥尔良,人们所谈论的,只是葛朗台小姐这一千七百万财产。欧也妮做的头几件事情,有一桩就是给了拿侬一千二百法郎终身年金。拿侬原来就有六百法郎年金,加上这一笔,立即成了一个有钱的婚姻对象。不到一个月,她就从闺女变成了媳妇,嫁给了已被委任为葛朗台小姐地产总管的安东尼·克努瓦耶。克努瓦耶太太与她同时代的妇女相比,有一个很大的优势,那就是她虽说有五十九了,看起来却不过四十。粗糙的轮廓经得起时间的磨蚀。又多亏修道院式的生活,她的脸色红扑扑的,身板结实得像铜打铁铸的,根本没有把衰老放在眼里。也许她从来没有像结婚这天这样容光焕发。生得丑反倒是福。她高大、壮实,不怕风霜的脸上透出幸福的神气,叫一些人好不羡慕克努瓦耶的好命。

"她的气色可真好。"布店老板说。

"她还能生孩子哩。"盐铺老板说,"说得损一点儿,她就像是泡在盐水里,不会坏的。"

"她有钱,克努瓦耶这小子可算是捞着了。"另一个街坊说。

受街邻喜爱的拿侬从老屋出来,穿过弯弯曲曲的街道,去教堂的时候,一路上听到的都是祝贺。

欧也妮送的新婚礼物是三打餐具。克努瓦耶没想到主人这样慷慨,热泪盈眶地谈起她:他愿为她赴汤蹈火,万死不辞。克努瓦耶太太嫁了丈夫,又成了欧也妮的心腹,从此一桩快乐之外,又添新的快乐。现在,终于轮到她来开关贮藏室,早上配给食品,像死去的老主人一样了。其次,有两个仆人归她管了。一个是厨娘,一个是内仆,负责一家子的缝补浆洗,以及为小姐制作衣衫。克努瓦耶一身而兼看守和总管二职。不用说,拿侬选的厨娘和内仆都是贴心能干的人。现在,葛朗台小姐有了四个无限忠诚的仆人,管理那些田产庄园,老头子生前早已形成一套严格的规矩,克努瓦耶夫妇接手后,又一丝不苟地加以沿用,所以那些佃户简直不觉得老主人已经去世。

第六章　如此人生

　　欧也妮到了三十岁，还没有尝到一丝人生的快乐。她的童年苍白而凄凉，是在一位被看轻，被埋没，受够了苦，伤透了心的母亲身边度过的。这位母亲在告别人生之际不但觉得快乐，而且为女儿还得活下去而感到哀怜，这在她心中留下几丝轻微的内疚，以及永远的遗憾。欧也妮头一次，也是唯一的一次爱情，成了她伤心的根源。与心上人不过相聚了几天，匆匆忙忙接受了吻又回送了吻，把心给了他，就与他分开了。他走了，把整个世界横亘在他与她之间。这份被父亲诅咒的爱情，差不多要了母亲的命，给她引来的，只是夹杂着渺茫希望的痛苦。因此，至今为止，她追求幸福，费去不少精力，却没有得到应有的酬报。精神生活与肉体生活一样，有吐也有纳：心灵要吸收另一颗心灵的感情来营养自己，然后以更丰富的感情回报对方。人与人之间要是缺了这么一种美好的关系，心灵就会失去生机，就会吸不到空气，就会受苦，就会枯萎。

　　欧也妮开始感到痛苦。对她来说，财富既不是一种力量，也不是一种慰藉。她只能依靠爱情，依靠宗教，依靠对未来的信心而生活下去。爱情告诉她永恒是怎么回事。她的心和福音书给她指出了两个需要等待的世界。她日日夜夜，没完没了地想着这两个世界，对她来说，这两个世界也许就是一个。她满怀着爱情，退隐到自己的内心深处，以为别人也爱着她。七年来，她的爱情浸透了每一处地方。她的财富并不是那带来巨大收益的千百万家产,而是夏尔的匣子,而是那两帧悬挂在床头的肖像,而是从父亲手上赎来的,骄傲地摊在一层棉花上,放在柜子抽屉里的首饰,而是母亲用过的姗姗的顶针。每天,她都要恭恭敬敬地把顶针套在手指上,做一点刺绣活儿——珀涅罗珀等待丈夫回家时做的活计,而这样做,纯粹是为了把这充满回忆的金子在手上戴一戴。

葛朗台小姐看来不会在守丧期间嫁人,大家都知道,她的虔诚是出于一片真心。于是克罗旭一家子由老神甫巧妙地定下了策略,暂时满足于用极为热情的关心来包围这个继承了大笔财产的姑娘。

每天晚上,她家的厅堂里,总是高朋满座,他们都是本地最热情、最积极的克罗旭派拥护者,他们七嘴八舌,竭尽全力,大唱女主人的赞歌。她有随身医生,有大司祭,有侍从,有梳妆女官,有首相,尤其是有那个事事都要报告她的枢密大臣。如果她想找一个持后裙的人,他们就会立即找来。她简直就是一个王后,而且是一个受到最巧妙的谄媚的王后。谄媚不是出自伟大的心灵,而是小人的伎俩。这些小人总是卑躬屈膝,把自己变得小而又小,以便挤进他们趋奉的人物的生活圈子。谄媚下面,必定隐藏着利害关系。那些每晚挤满葛朗台小姐的厅堂,管她叫德·弗鲁瓦尔小姐的人,向她大灌迷魂汤,居然搞得她昏昏然然。欧也妮从未听过恭维,乍听到这一片赞扬,不免脸红,不过这种恭维虽说有些粗俗,但她的耳朵不知不觉听惯了人家夸她长得漂亮的话,如果这时一个新来的人说她长得丑,她一定要比八年前在意得多。到了后来,她在膜拜偶像时暗中说的那套奉承话,她自己也爱听了。因此,那些趋奉她的人每晚挤满她的厅堂,把她像女王一样吹捧,她也慢慢习惯了。

德·蓬风庭长是这个小圈子的男主角。他的才气、人品、学问、待人接物的殷勤,都不断地受到吹捧。有一个人提醒大家说,他的财产七年来大大增加，蓬风那块地产每年少说有一万法郎收入，而且和克罗旭家的所有田产一样，四周与葛朗台小姐广阔的田产连成一片。

"小姐，你知道吗，"一个常客说，"克罗旭家每年有四万法郎收入哩？"

"还有，他们的积蓄可不少。"德·格里鲍果小姐，一个老克罗旭派接过话说，"最近巴黎来了一位先生，开价二十万法郎，要盘下克罗旭先生的事务所。如果克罗旭先生被任命为治安法官，就得把事务所出让。"

"他想接德·蓬风先生的位子，做做庭长，所以先来活动哩。"德·奥松瓦太太说，"因为庭长先生将来要当推事，接着要当院长。他的办法多得很，不可能当不上。"

"是啊，这是个十分出色的人，"另一个人接口道，"小姐，你认为是不是？"

庭长先生努力表现得与自己想充当的角色一致。尽管已经年过四十，尽管生了一张可憎的，与几乎所有司法界人士一样又黑又干瘪的脸，他还是打扮成青年人的模样，舞着一根白藤手杖，每次来德·弗鲁瓦尔小姐府上，总是穿衬衣，系一条白领带，而且在那里决不吸鼻烟。衬衣上的大折襟饰堆在颈下，使他那模样与火鸡相似。他和美丽的欧也妮说话时态度亲密，称她为："我们亲爱的欧也妮！"。

总之，除了在场的人数，除了用纸牌代替摸彩；除掉葛朗台先生夫妇，正厅里的场面和这段故事开始时几乎一模一样。那群猎犬依然追逐着欧也妮和她的千百万家财，但猎犬的数目多了，吠得也更凶，它们同心协力包围猎物。要是夏尔从印度大陆赶回来，他会发现同样的人物，同橛的利益考虑。欧也妮仍然大大方方地热情接待德·格拉桑太太,德·格拉桑太太也继续折磨克罗旭他们。但跟从前一样,欧也妮这个角色仍然支配着整个画画面,也和从前一样,夏尔仍然君临一切。

不过事情终究有了一些进步。从前庭长先生在小姐生日那天才送一束鲜花,如今变成经常的了。每天晚上,他都带给小姐一大束绚丽的鲜花,克努瓦耶太太当即插在花瓶里,可是等客人一走,马上扔到院子角落里。

一开春,德·格拉桑太太又试图打破克罗旭派的好事。她向欧也妮提起德·弗鲁瓦尔侯爵,说要是欧也妮愿意嫁给他,把他家原来的土地带回去,他就可以重振家业。德·格拉桑太太把贵族院议员的称号,侯爵的衔头叫得震天响,把欧也妮不屑的微笑当作同意的表示,逢人就说,克罗旭庭长先生的婚事并不像他认为的那样进展顺利。

"虽说德·弗鲁瓦尔先生有五十岁了,可是看上去也不比克罗旭先生老;"她说,"他结过婚,有孩子,这些都不假,可他是侯爵呀,将来又是贵族院议员。在这个年月,你有本事,找门这样的好婚事来看看。我确实知道,葛朗台老爹当年把所有田产并入弗鲁瓦尔,就有跟弗鲁瓦尔家联姻的打算。他常跟我说起哩。这老头儿,真是精明透顶。"

有一天晚上,欧也妮上床时说:

"拿侬,他一去七年,怎么就没有一封信给我呢?……"

在索漠城发生着这些故事的时候,夏尔在印度发了大财。他那批小玩意卖了好价钱,很快就六千美金到手。经过赤道时所受的磨难使他抛弃了许多成见,他发现在热带地方跟欧洲一样,致富的捷径便是贩卖人口。于是他到非洲海岸去贩运黑奴,同时把最赚钱的货物运到他必去的各个口岸贩卖。他全部精力都投在生意上,忙得没有一刻空闲，一心想的是发大财，到巴黎去扬眉吐气，挣得比从前跌下来时更有脸面的地位。

在人群中混久了，地方跑多了，看到许多不同的风俗，他的思想变了，对一切都是将信将疑。看到此地视为罪恶的，在彼地却被视为美德，于是他对是非曲直再也没有固定不移的观念。一天到晚盘算利益，他的心中因此变得冷漠、收缩、干枯了。葛朗台家的血统没有失传。夏尔变得残忍而贪婪。他贩卖中国人，贩卖黑奴，贩卖燕窝、儿童、艺人，还大放高利贷；走私偷税的习惯，使他更加藐视人权。他到圣托马斯岛去贱价收购海盗的赃物，运到缺货的地方去卖。

最初在出国的航程中，他把欧也妮那张高贵纯洁的面孔一直珍藏在心中，就像那些西班牙水手把圣母像一直供奉在船头一样。最初在生意上获得成功，他也认为是得益于那温柔姑娘祝福与祈祷的神奇影响。可是后来，黑种女人、混血女人、白种女人、爪哇女人、埃及舞女……各种肤色的女人他都泡了，在不同的国度，他都有相好，于是把堂姐，把索漠城，把那所房子，把那张长椅，把走道里的亲吻都忘得干干净净。他记得的，只是古老墙垣围着的小花园，因为他的冒险生涯是从那儿开始的。可是他不再认那个家庭了：他的伯父是条老狗，连哄带骗，把他的首饰夺了过去；欧也妮所占的位置，既不在他心里，也不在他的思想里，而是作为借给他六千法郎的债主，在他的来往账目里。既有这样的行为，又有这样的念头，他一去杳无音讯便得到了解释。在印度、圣托马斯岛、非洲海岸、里斯本和美国，这个投机者害怕生意败落，搞臭姓氏，便取了个假名，叫作赛弗。卡尔·赛弗可以毫无顾忌，不知疲倦，到处奔波，大胆钻营，似乎打定主意，要不择手段，迫不及待地捞钱，早日结束这种不光彩的生活，在余下的日子做个正人君子。这种办法让他迅速发了大财。1827年，他搭乘一家保王党贸易公司的漂亮帆船"玛丽一卡罗琳娜"号回到波尔多。他有三大桶沙金，捆扎得严严实实，价值一百九十万法郎，他打算拿出百分之七八到巴黎换成现钱。在这条船上，还有一位绅士，国王查理十世的内侍德·奥勃里翁先生。这是一个好老头，当初一时头脑发热，娶了一位时髦女郎。他的产业都在安的列斯群岛。这次是为了弥补太太挥霍造成的亏空，到那边去变卖了产业。德·奥勃里翁先生出身于奥勃里翁—布什家族，这个家族的最后一个领主在1789年以前就死了。现在德·奥勃里翁夫妇一年的收入只有两万法郎左右，有一个相当丑的女儿，做母亲的想把她嫁出去，却不给陪嫁，因为母亲的财产仅够她自己在巴黎生活。上流社会的人士都认为，即使时髦女人有通天的本事，这件事情也断难成功。就是德·奥勃里翁太太本人，看到女儿吓跑了一个又一个男人，就是想贵族头衔想昏了头的人也避之唯恐不及，不免灰心泄气。

德·奥勃里翁小姐与跟她同音的昆虫（蜻蜓）一样，身体长长的，又细又瘦；嘴巴老瘪着，一副鄙视人的样子；鼻子长长的，鼻头大大的，一直垂到嘴巴上，平常是黄黄的，可是吃过饭，立刻变得通红，这种植物性的变色现象，发生在一张苍白的没有生气的脸盘中央，便格外不讨人喜欢。总之，她的模样，正是一个年近四旬、风韵犹存且自命不凡的母亲所求之不得的。不过，为了弥补这些缺陷，德·奥勃里翁侯爵夫人把女儿教得气质十分高雅，她让女儿养成一种卫生习惯，能够在一定时间里把鼻子保持一种正常的颜色。她还告诉女儿如何打扮优雅，如何举止漂亮，告诉她如何做出多愁善感的眼神，叫男人看了动心，以为这就是他久寻不遇的天使。她还教女儿如何利用双足做文章，碰上鼻子不识相地红起来，就应该及时伸出脚来，让人欣赏它们的小巧玲珑。总之，她把女儿培养成了一个教人十分满意的婚姻对象。借助宽大的袖子，骗人的短裤，精心修饰的鼓蓬蓬的袍子，硬挺挺地撑起的胸衣，她居然造出了如此罕有的女性特征，以至于她完全应该把它们送到博物馆，供所有母亲受教益。夏尔与德·奥勃里翁太太来往十分密切，而她正是希望如此。好几个人甚至断言，说是帆船在海上航行期间，这位美丽的太太使出种种手段，极力想套住这样一位有钱的女婿。1827年6月，德·奥勃里翁夫妇及女儿，和夏尔一起在波尔多下了船，住进了同一家旅店，又一同动身去巴黎。德·奥勃里翁公馆早已抵押过多次，需要夏尔把它赎回来。做母亲的已经在描绘把一楼让给女儿女婿住的幸福情景。她不像先生那样对贵族抱有成见，答应在善良的查理十世那儿替夏尔·葛朗台申请一道御旨，准许他改姓德·奥勃里翁，使用奥勃里翁家的纹章，并只要在奥勃里翁拥有一份产业，每年有三万六千法郎的收入，就可以承袭德·布什领主和德·奥勃里翁侯爵的头衔。把大家的财产凑到一块，精打细算，加上几份闲职的收入，德·奥勃里翁一年大概有十几万法郎的收入。

"一个人有了十几万法郎的收入，有了大族的姓氏，贵胄的门第，又能在宫廷出入，我会给你谋一个内侍的差使的，有了这些条件，还不是想当什么就当什么了吗？"她对夏尔说，"因此，行政法院审查官，省长，使馆秘书，大使，这些官职由你挑就是了。查理十世很喜欢德·奥勃里翁，他们是从小在一起玩熟的。"

这个女人像说贴心话似的，用一只灵活的手拿着这些希望在夏尔面前晃来晃去，挑起他的野心，搞得他一路上飘飘然然，陶醉在这锦绣前程的诱惑之下。他认为父亲的事已经由伯父打理好了，自己可以安安稳稳地住进人人都想进的圣日耳曼郊区，在玛蒂尔特那只蓝鼻子的荫庇下，一变而为德·奥勃里翁伯爵，重新在社会上露面，就像德勒伯爵有一天摇身一变成了布雷泽侯爵一样。他出国的时候，复辟王朝是一片风雨飘摇，而现在，则是一片繁荣昌盛，直看得他眼花缭乱。他被成为贵族这个光辉想法鼓舞，在船上就已经陶醉，回到巴黎仍然踌躇满志，发誓要向上爬，把自私岳母指给他看的那些缥缥缈缈的高官厚禄弄到手。因此，堂姐对于他，就只是这片光明灿烂前景中的一个小黑点了。

他又见了安奈特。这个社交场上的女人极力劝昔日的情人攀上这门亲，并答应支持他实现他的雄心壮志。安奈特乐于让夏尔娶一位丑陋的不讨人喜欢的小姐，因为夏尔在印度住了几年后，变得极为迷人，皮肤晒黑了，动作变得果敢，就像那些惯于当机立断、发号施令、成就事业的人一样。夏尔发现自己能在巴黎充当角色，更是觉得如鱼得水。

德·格拉桑得知他发了大财，已经回国，并且即将完婚，便来看他，告诉他再付三十万法郎，就可把他父亲的债务偿清。他发现夏尔正在和一个珠宝商说话。夏尔向商人订首饰，作为新婚礼物送给德·奥勃里翁小姐。那商人拿出图样，请夏尔选定款式。夏尔从印度带回一批晶莹璀璨的钻石，可是钻石的镶工、新家要用的银器、新郎新娘的珠宝首饰，种种小玩意，加起来还得花上二十几万法郎。夏尔接待了德·格拉桑，他已经认不出这位钱庄老板了，态度十分倨傲，完全是时髦青年的派头，要知道他在印度跟人决斗，杀死过四个对手。德·格拉桑已经来过三次。夏尔冷冷地听他说完，还没完全听明白，就回答说：

"我父亲的事不是我的事。难得你这样费心，先生，我得感谢你。可惜我不能领情。我流血流汗，挣了差不多两百万，可不是拿来送给我父亲的债主的。"

"要是过几天，你父亲被宣告破产呢？"

"先生，过几天，我就是德·奥勃里翁伯爵了。你明白，这就跟我完全无关了。再说，你比我更清楚，一个一年收入十万法郎的人，他父亲决不会是个破产的人。"说完，他客客气气地把德·格拉桑推向门口。

这一年八月初的一天早上，欧也妮正在那张木头长椅上小坐。当初夏尔就是在这张椅子上对她山盟海誓的；平时，逢上天气晴朗，她就来这里吃早饭。在早上这个最凉爽最舒服的时辰，可怜的姑娘喜欢到记忆深处，把她恋爱中的大小事件，以及随后而来的灾难逐一回顾一番。阳光照在那堵裂痕满布、几乎已经坍塌的旧墙上。克努瓦耶常常跟他妻子念叨，说那墙早晚要压着人的，可是性子怪僻的欧也妮就是不让人家碰一碰它。这时，邮差前来叩门，把一封信交给克努瓦耶太太。拿侬拿了信，一边叫着，一边往花园跑：

"小姐，一封信！"

她把信交给她主人，问道：

"你天天盼的，就是它吧？"

这句话在欧也妮心里和在院子花园中一样响。

"巴黎！是他的！他回来了！"

欧也妮一脸煞白，拿着信一时僵住了。她手抖得太厉害，既拆不开信也读不了信。

拿侬站在那儿，两手叉腰，快乐似乎像一道轻烟，在她那黑黄脸上皲裂的缝中溜走了。

"小姐，念呀……"

"啊，拿侬，他是从索漠城走的，为什么要回巴黎呢？"

"念吧，念过就知道了。"

欧也妮哆哆嗦嗦着拆开信。里面掉出一张汇票，抬头写的是，索漠城德·格拉桑太太与柯雷钱庄。拿侬把它捡起来。

"亲爱的堂姐……"

"不叫我欧也妮了。"她寻思,心头一紧。

"您……"

"原来是叫'你'的!"

她叉起双臂,不敢再念下去,眼里涌出大滴泪水。

"他是死了吗?"拿侬问。

"那就不会写信了。"欧也妮答。

她还是把信念了下去。

亲爱的堂姐,我相信,您得知我的事业成功,一定很高兴。您给了我好运,我发了财回来。也多亏听从了伯父的劝告。他和伯母去世的消息,我刚从德·格拉桑口中获悉。父母的死是正常的,我们应该继承他们的事业。我希望您今天已经不再为此悲痛。我觉得时间能够改变一切。是的,亲爱的堂姐,我幻想的时期已经过去,这于我是很不幸的事情。可有什么办法?我走了不少地方,倒是把人生好好思索了一番。我出门的时候是个孩子,回来则成了大人。许多从前想不到的事,于今也开始想了。堂姐,您是自由的,我也还是个自由身。表面看来,要实现我们的小小计划,没有什么阻碍了。可是我的性格太诚实,不能不把我的情况告诉您。我一直记着我是有誓在身的。在那漫长的航程中,我总是想着那张木头椅子……

欧也妮站起身,好像屁股下面坐着的是熊熊燃烧的炭火,走去坐在院子里一级石磴上。

……我们坐在上面,山盟海誓,永远相爱;还想着那条走道，灰暗的厅堂，我住的阁楼间，还想着那天夜里，您好心给我帮助，使我的前途变得稍微平坦。是啊，这些回忆鼓起了我的勇气。我常常寻思，在我们约定的时间，一定是您想我，我想您。九点钟的时候，您看了云吗？看了，是不是？因此，我认为神圣的友谊，我是决不会背叛的。同样，我也不应该欺瞒您。此时有一门亲事，完全符合我对婚事的想法。想在婚姻中找到爱情，那纯粹是异想天开。现今我也算是懂得人情世故了，知道在婚姻大事上，应该服从社会准则，顺应民情风俗。亲爱的堂姐，你我之间，已经有了年龄的差异，将来对于您，也许比对我的影响更大。至于您的性情，受的教育，生活习惯，那就不用说了，都不适合巴黎的生活，更无助于我今后的打算。我打算把家里的场面搞得大大的，接待众多宾客，可我记得您是喜欢平静恬淡的生活的。不行，我还要更坦白一些，请您来评一评我的处境。您应该知道我的情形，也有权予以评论。如今我一年有八万法郎收入，这笔财产使我能够与德·奥勃里翁家联姻。他家的女继承人十九岁，嫁给我后能够给我带来姓氏、爵衔、宫廷侍从的职务以及最为显赫的地位。亲爱的堂姐，我承认，我对德·奥勃里翁小姐没有半点爱情，可是与她结婚，我就确保孩子们将来有一个前途无量的社会地位，因为王权思想又渐渐得势了。若干年后，等我儿子成了德·奥布里庸侯爵，有了块封地，一年有四万法郎年金，他爱挑什么官做都可以了。我们对儿女负有责任。堂姐，您看到了，我是多么坦诚地把我的想法、我的希望和我的财产都说给您听。在您那方面，也许七年不见，您已经忘记了我们那幼稚的誓约。可是我，我忘不了您的宽厚、我的诺言，我什么都记得，即使是最不经意间说出的话。换了另一个年轻人，不像我这样有良心,不像我这样诚笃,也不像我这样童心未泯,早就丢在脑后了。我告诉您,我只是想找一桩门户相当的婚姻,我仍然记得我们年少时的爱情,这不等于把我交给您来裁夺,让您来给我的命运做主吗?这也等于告诉您,如果一定要我放弃轰轰烈烈打天下的野心,我也乐于过那种淳朴生活。那种幸福生活的动人情景,您已经让我见过了……

您忠诚的堂弟夏尔敬上

夏尔签名的时候,哼着《费加罗的婚礼》中的一段调子:

"堂打打——堂打提——听打打——嘡!——嘡打提——听打打……"

"天打雷劈的!这就礼数到堂了。"他说。然后找出汇票,添上几句:

> 又及:兹附上汇票一张,请向德·格拉桑钱庄兑现,票面八千法郎,可用黄金支付。这是还给您惠借的那笔款子,本利都包括在内。另外,我还有几件东西要送给您,以表示永远的感激,可是箱子还在波尔多,容待后送。我那只梳妆匣,请交给驿车带回,地址是:伊勒兰-贝尔坦街德·奥勃里翁公馆。

"交给驿车带回,"欧也妮说,"我哪怕死一千次也要保全的东西,这么一句话就拿走了!"

真是飞来横祸!深灾重难,无以复加。船沉了,茫茫的希望之海上,看不到一根绳子、一块板子。

有些女人发现自己被遗弃,会去把情敌杀死,把情人夺回,哪怕是逃到天涯海角,或者上断头台,或者进坟墓,也在所不惜。

这种行为无疑十分壮美。因为犯罪的动机是崇高的爱情，使得人们不能不做出人道的判决。另一些女人则低下头，不声不响地忍受现实，她们心灰意冷，不敢反抗，只是一味哭泣，宽恕，祈祷，回忆，直到咽下最后一口气。这是爱，是真正的爱，是天使之爱，是以痛苦生以痛苦死的高傲的爱。欧也妮读了这封可怕的信以后，感觉正是如此。她抬眼望天，想起母亲的临终遗言；母亲和有些人一样，在临死之前，一眼便明白透彻地看清了前途。接着她又想起了那先知般的一生和去世的情形，一瞬间便看出了自己的命运。她只有展开翅膀，朝向天空，在祈祷中生活，直到解脱的日子到来。

"母亲说得对，"她哭着说道，"受苦和死亡。"

她慢慢地从花园走到厅堂。跟平时的习惯不同，她没有走那条走道，不过，在灰暗陈旧的厅堂里，她还是看到了堂弟的东西：壁炉上一直摆着一只小碟子，每天吃早饭时，她都离不了这只碟子和那个塞夫勒老窑烧的糖缸。

这天早上真是不同寻常，充满了重大事件。拿侬向她通报，本堂神甫来了。这位神甫是克罗旭家的亲戚，自然关心德·蓬风庭长的终身大事。前几天老克罗旭神甫说服他下了决心，要在纯粹宗教的意义上，跟葛朗台小姐谈谈她必须结婚的义务。

欧也妮看见教士来了，以为他是来取那每月一千法郎帮助穷人的善款的，便叫拿侬去拿钱。可是教士笑道：

"小姐，今天我是来跟你谈一个可怜姑娘的事情的。全索漠城的人都关心她，可是她自己不爱惜自己，不像好基督徒那样过日子。"

"上帝啊！神甫先生，我这时心里乱得很，想自己的事都想不过来，没法想别人的事情。我真是不幸得很，除了教会，就没有别的庇护所了。好在教会心胸博大，可以容纳我们所有的痛苦，教会感情极为丰富，我们可以尽量汲取，而不必担心汲尽。"

"唉，小姐，我们谈这姑娘，也就是谈你。听我说吧，你要是愿意拯救自己，只有两条路可走：或是脱离红尘，或是服从人世的规矩，或是服从你人世的命运，或是服从你天国的命运。"

"啊！我正需要指点的时候，你来指点我了。是的，是上帝把你派来的，先生。我正想告别红尘，清清静静地找个地方隐居，把一生献给上帝。"

"姑娘，你应该好好考虑，不宜马上做出这种过激的决定。要知道结婚是生，而出家当修女就等于是死了。"

"好啊，死，马上就死，神甫先生！"欧也妮叫道，那种激动叫人不安。

"死！可是小姐，你对社会负有重大义务哩！你不是穷人的母亲，冬天给他们衣服柴火，夏天给他们工作吗？你巨大的财产本是一笔要偿还的债。你圣洁的心就是这样承诺的。躲进修道院，这是一种自私的行为，而仍旧做个老姑娘，又不应该。头一条，你那巨大的家业，一个人怎么管得过来呢？也许你会把它亏得个一干二净。你也许会惹上一桩又一桩官司，重重困难搅在一起，搞得你一筹莫展。听我的话吧，你需要一个丈夫，你应该把上帝赐给你的东西保存好。我是看重你这个基督徒，才跟你说这番话的。你那样真诚地敬爱上帝，不能不在世上完成自身的拯救，你是世上最美的装饰之一，你给世人做出了圣洁的榜样。"

这时仆人通报德·格拉桑太太来到。她是绝望之下，怀着报复之心来的。

"小姐，"她说，"啊！神甫先生也在这里。那我就不说了。我是来跟你说些事情的。我看出来，你们是在谈要紧的事。"

"呵，太太，我让给你吧。"神甫说。

"那么，神甫先生，过一会儿再来吧。"欧也妮说，"我今天正需要你的帮助哩。"

"是啊，可怜的孩子。"德·格拉桑太太说。

"你这是什么意思？"葛朗台小姐和本堂神甫一起问道。

"你堂弟回来了，要娶德·奥勃里翁小姐，这消息我还能不知道？……做女人的，从来不会把脑瓜子放在口袋里。"

欧也妮脸一红，没有立即回答。不过她打定主意，以后要像父亲擅长的那样，装得若无其事一般。

"哎，太太，"她带着嘲弄的口气回答道，"我也许是把脑瓜子放在口袋里了。你的话，我真的弄不明白哩。说吧，有什么话，就当着神甫先生的面说吧，你知道他是我的指导神师。"

"好吧，小姐，这是德·格拉桑给我的信。你念吧。"

欧也妮接过信来念道：

"亲爱的妻子，夏尔·葛朗台从印度回到巴黎已有一个月了……"

"一个月！"欧也妮心想，拿信的手垂了下来。

过了一会儿，她又抬起手念下去：

我跑了三次，才和未来的德·奥勃里翁子爵说上话，尽管全巴黎都在谈论他的婚事，并且所有教堂的公告栏都公布了结婚预告……

"他给我写信时，已经……"欧也妮暗忖道，可是没有往下想，也不像巴黎女子那样大叫一声"混蛋！"不过，脸上虽然没有显露，她心里的轻蔑却是分毫不少。

……不过，这门亲事还远远不能说成了。德·奥勃里翁侯爵决不会把女儿嫁给一个破产商人的儿子。我去告诉他，我和他伯父如何费尽心机，处理他父亲的事务，如何想方设法，稳住债主，直到今天。我为了他的利益和名誉，忠心耿耿，夜以继日，干了五年，没想那不知好歹的臭小子死不要脸，居然回答我说，"他父亲的事不是他的事"！办这种事，商事代理人有权向他索取三万到四万法郎的报酬，即债款的百分之一。不过，等着瞧吧，他还实实在在欠着一百二十万法郎哩。而且我要把他父亲宣告破产。当初我接下这件事，完全是凭了葛朗台那老滑头的几句话，并且我以欠债人家庭的名义作了承诺。德·奥勃里翁子爵先生不看重他的名誉，可我却在乎我的名声。所以我不得不把我的处境向债权人说明。可是，我很尊重欧也妮小姐，当年我们红火的时候，还曾打算向她提亲哩，因此，你得先和她打个招呼，我才能行动……

念到这里，欧也妮不再往下念，冷冷地把信还给德·格拉桑太太，说：

"谢谢你，以后再说吧……"

"你现在的腔调，和你爹从前的腔调一模一样了。"德·格拉桑太太说。

"太太，你有八千法郎金币要兑现哩。"拿侬对她说。

"正是哩。克努瓦耶太太，就请你跟我走一趟吧。"

欧也妮已经打定主意，就很镇静地问道：

"神甫先生，结婚以后保持女儿身，算不算罪过？"

"这是个良心问题，我也不知道该怎么回答。要是你想知道著名的桑切斯在他的《婚姻概论》中是怎么说的，我明天可以告诉你。"

本堂神甫走了。欧也妮上楼到父亲的账房独自待了一天，吃晚饭的时候，拿侬再三催请，她也不肯下来。直到晚上，那些常客到了以后，她才露面。葛朗台家的客厅从来没有像这天晚上这样高朋满座。夏尔回国的消息，以及他那愚蠢的背叛婚约的行为早已传遍全城。来客们再怎样细心观察，他们的好奇心还是无法得到满足。欧也妮早有准备，脸上平静得很，没有把撕肝裂肺的惨痛显露半点。大家用哀怜的目光或者话语来表示对她的关心，可是她却报以一脸微笑。总之，她以彬彬有礼的态度，掩饰了心中的苦楚。

九点左右，牌局结束了。牌客们离开桌子，一边付钱收钱，一边讨论着最后几盘惠斯脱，都走过来加入谈天的圈子。正当大家一起起身，准备告辞的时候，忽然出现了戏剧性的一幕，在索漠城，在专区，在周围的四个省区引起强烈反响。

"庭长先生，你请留步。"欧也妮看见庭长拿起拐杖，便对他说。

听到这句话，大家都为之一怔。庭长刷地一下白了脸，不由得坐了下来。

"那千百万财产归庭长了。"格里鲍果小姐说。

"这是明明白白的事嘛，德·蓬风庭长娶定了葛朗台小姐。"德·奥松瓦太太说。

"这是最精彩的一局哩。"老神甫说。

"这是个大满贯！"公证人说。

各人竞相说出自己的俏皮话、双关语。在众人眼里，欧也妮高踞在那千百万金币堆成的金山顶上，就像端坐在一座神像底座上。拖了九年的大事就要有结果了。当着全索漠人的面，叫庭长先生留下，这不等于是宣布她已经把他选作丈夫了吗？小城人是极为看重礼节体统的。像这类不同一般的行为，无异于最郑重的许诺。

屋里只剩下他们俩后,欧也妮激动地对庭长说:

"庭长先生,我知道你看中我的是什么。你要是起誓,我活一天,就让我自由一天,绝口不提婚姻给你的任何权利,那我可以答应嫁给你。噢!"她看见庭长就要跪下去,赶紧说,"我还没说完哩。先生,我应该把话跟你说清楚。我心里有一股不可平息的感情。所以给丈夫的,只能是友谊。我既不愿意伤害他,也不愿意违反我的心意。可是你得帮我一次大忙,才能得到我的婚约和家产。"

"你瞧,我随时准备效力哩。"

"这里是一百五十万法郎,庭长先生,"她从怀里掏出一张法兰西银行一百股的股票,说,"你去一趟巴黎,不是明天,不是今夜,而是马上。你到德·格拉桑先生那里,摸清我叔父所有债主的姓名,把他们召集起来,把叔父所欠的本金,以及到付款日为止的息金,按百分之五计算,全部付清。并且按照法律手续,让他们立一张总的收据,由公证人做出公证。你是法官,干这种事我只信任你。你是一个正直的人,肯帮忙的人。我会听信你的承诺,在你家姓氏的荫护下,迈过人生的道道险关。我们将来会相互宽容忍让的。我们相识了这么久,几乎就是一家人了。我想你不至于要让我不幸福吧。"

庭长扑倒在这个继承了万贯家财的姑娘脚下,又快乐又焦渴,一身发抖。

"我将是你的奴隶。"他说。

"先生,你拿到收据以后,"她冷冷地望他一眼,"把它和所有的债券一起送到我堂弟那里,并把这封信交给他。等你回来后,我就履行诺言。"

庭长明白,他能够得到葛朗台小姐,完全是由于一种爱情的怨恨,所以迫不及待地要把事情早早了结,免得两个情人有讲和的机会。

德·蓬风先生走后,欧也妮倒在围椅上,痛哭起来。一切都完了。庭长坐了驿车,于第二天晚上到了巴黎。次日一早,他去见了德·格拉桑先生。法官召集债权人到存放债券的公证人事务所见面。债主们一个也没有缺席。说句公道话,他们虽是债主,却十分按时守约。德·蓬风庭长以葛朗台小姐的名义,把本利都付给他们。尤其是照付利息这一点,一时间在巴黎商界引起轰动。

庭长拿到了收据,又照欧也妮的吩咐,送了五万法郎给德·格拉桑先生作为酬劳,然后上德·奥勃里翁公馆,正好碰见夏尔在岳父那儿受了气,刚回自己房间。老侯爵告诉他,要等到纪尧姆·葛朗台的债务还清,才能把女儿嫁给他。

庭长先把下面这封信交给他。

> 堂弟,叔父所欠的债务,已经全部付清,现由德·蓬风庭长先生送上收据。另外一张收据,则证明我代付的款项,已由您全部归还。有人跟我提起,要宣告破产!……我想一个破产商人的儿子也许娶不上德·奥勃里翁小姐。是啊,堂弟,您批评我的头脑和举止风度的话,确实是一语中的。我大概没有一点上流社会的味道。他们的算计和风气,我都不熟悉。而您希望得到的乐趣,我亦无法提供。您为了社会习俗,牺牲了我们的初恋。但愿您能照这种社会习俗活得快乐。为了让您幸福圆满,我只能送上您父亲的名誉。永别了。堂姐永远是您最忠实的朋友。
>
> 欧也妮

那个野心家收下那份经过公证的文件时,不由自主地发出一声惊叹。庭长见了，不免微微一笑。

"现在我们可以互相通报喜讯啦。"

"哦！你要娶欧也妮。好呀，我很高兴。这是个好姑娘。可是，"他突然心里一亮，"她一定很有钱喽？"

"四天以前，她差不多有一千九百万，"庭长带着嘲弄的口气说，"可是今天只剩一千七百万了。"

夏尔望着庭长，目瞪口呆。

"一千……七百万……"

"是啊，一千七百万，先生。葛朗台小姐和我结婚以后，我们俩的加在一起，一年有七十五万法郎收入哩。"

夏尔稍稍定了定神，说：

"亲爱的堂姐夫，我们应该相互提携。"

"好。"庭长说，"另外，这里有一只小匣子，我得亲手交给你。"说着，他把那只装了梳洗用具的匣子放在桌子上。

"喂，亲爱的朋友，"德·奥勃里翁侯爵夫人没有注意到克罗旭在场，闯进来说道，"可怜的德·奥勃里翁先生刚才说的话，你可千万别放在心上。他是给德·索里厄公爵夫人搅昏了头。我再给你说一遍，你的婚事不会有任何阻碍……"

"不会有任何阻碍……"夏尔回答，"我父亲从前欠的三百万，昨天已全部还清了。"

"付的现钱吗？"

"全部现钱，连本带利。而且我还准备恢复他的名誉哩。"

"多傻！"他岳母叫道，"咦！这位先生是谁？"她看见克罗旭，附在女婿耳边问。

"我的代理人。"他低声回答。

侯爵夫人对德·蓬风先生傲慢地打了招呼，走了出去。

"我们已经互相提携了。"庭长拿起帽子,"再见,堂弟!"

"他竟嘲弄起我来了,这索漠城的鹦鹉。真恨不得一剑在他肚皮上捅个六寸深的窟窿!"

庭长走了。三天以后,德·蓬风先生回到索漠城,宣布了他和葛朗台小姐的婚事。过了半年,他被任命为昂热王家法院的推事。

离开索漠之前,欧也妮把长久以来心里看得十分宝贵的那些首饰熔掉了,加上堂弟还她的八千法郎金币,铸了一只圣体匣,献给本区教堂。在这里,她为了"他",向上帝做过多少祈祷啊!

她在昂热和索漠轮着住一段日子。她丈夫在一次政治事件中表现得十分忠诚,升了庭长,几年之后,又升了首席庭长。他急不可待地等待着大选,好在国会占个一席之地。他的目光已经瞄准了贵族院,那时……

"那时,他和国王不就平起平坐了么。"拿侬,高个子拿侬,克努瓦耶太太,索漠城的市民,听见女主人说起他显赫的前程时,忍不住这么说了一句。

第七章 结局

德·蓬风庭长先生终于取消了克罗旭这个家族的姓氏，换上了产业的地名，像个贵族了。不过，他野心勃勃的目标，一个也没有实现。任命为代表索漠的国会议员不过八天，他就一命呜呼了。

什么都逃不过上帝的眼睛，上帝也从不乱罚人。这么惩罚他，大概是不能原谅他的算计和玩弄法律的手段。他由公证人克罗旭帮忙，与欧也妮订了婚约，写明："如果没有子嗣，夫妻双方的全部财产，包括动产与不动产，没有任何例外与保留，一律遗赠给对方，且免除任何清理登记的手续；免除这种手续不应妨碍继承人的权益或引起诉讼，因为这种遗赠……"这一条，便是庭长始终尊重太太的意愿和独居习惯的原因。女人们一提起庭长，都说他是最体贴女人的男人，对他深表同情，甚至到了常常责怪欧也妮生病和感情有偏的地步。女人谴责起女人来，总是善于把话说得委婉而又极为刻毒的。

"德·蓬风庭长夫人一定病得很重，不然是不会让丈夫独居的。可怜的女人！很快就会好吗？到底是什么病呀，胃炎，还是癌症？为什么不去看医生呢？这些天她的脸色蜡黄，应该去巴黎找那些名医看看。她怎么不想生个孩子呢？听说她非常爱丈夫，怎么不给他生个儿子来继承他的家业地位呢？这真是可怕。如果这是任性，那就该受谴责了。可怜的庭长！"

欧也妮独处久了，变得感觉敏锐，想事情想得细，看问题看得清，加上生活不幸，和最后的那场教训，对什么事情都是一猜就中。她知道庭长巴不得她早死，好独占那笔巨额财产。那笔财产又增加了。因为上帝一时兴起，忽然把两位克罗旭叔叔，即公证人和神甫都召到他身边。他们的财产由当庭长的侄儿继承了。可怜的独居女人本有点儿怜悯庭长。然而上帝替她报复了丈夫的算计和可鄙的冷漠。他表面尊重妻子毫无希望的痴情，实际上把这当作最可靠的保障。因为要是生育一个孩子，首席庭长那自私的希望、充满野心的快乐岂不全都归于泡影？

这个被丈夫逮牢的女人根本没把黄金放在眼里，她善良虔诚，一心向往的是天国，满脑子圣洁的思想，不断暗中救助穷人，因此上帝偏要把大堆黄金扔给她。

德·蓬风太太三十三岁上成了寡妇，一年有八十万法郎的收入，仍然很美，只不过是将近四十岁的女人那种美。一张雪白的脸，精神饱满，气度安闲，声音柔和而深沉，态度质朴。她身上既有那种痛苦所包含的崇高，那种灵魂未被尘世玷污的圣洁，也有老处女那种呆板，以及外省狭隘生活养成的小气。虽然一年有八十万法郎收入，可是她仍然过着当年那种拮据生活，不到父亲从前允许厅堂生火的日子，她的房间决不生火。熄火的日子也严格按照当年的规矩。她的衣着，一如当年她母亲。索漠城那座房子，那座没有阳光、没有温暖，总是被阴影罩住的阴冷凄清的房子，正是她生活的写照。她把所有的收入都积累起来，一个铜板也不乱花，要不是把钱用在一些高尚的事情上面，揭穿了那些恶意诽谤，她也许真显得有点儿抠门哩。她设立了一些虔诚慈善的基金，捐建了一所养老院，几所教会小学，一座收藏丰富的公共图书馆。每年，这些物证都显示出，一些人指责她吝啬纯粹是胡说八道。索漠城的几座教堂靠她的捐助，做了一些装修。德·蓬风太太，有些人开玩笑，仍称之为小姐，受到普遍的敬重。这颗高尚的、只为最温良的感情而跳动的心，大概只顺从为人类利益所做的算计吧。金钱使这个冰清玉洁的生命感受到的是它的冷酷，使这个全身都是感情的女人再也不相信任何感情。

"只有你才是真爱我的。"她对拿侬说。

这个女子的手治愈了多少家庭的暗伤隐痛。她做下一串串好事，朝着天国一步步攀升。心灵的高尚，抵消了教育和早年生活习惯所养成的卑琐。这便是这个身在尘世，却未受尘世玷污，生来是做贤妻良母，却又无夫无子无家庭的女人的人生经历。

几天以来，大家又谈到了她再嫁的问题。索漠人又在留意她和德·弗鲁瓦尔侯爵先生的事。因为这一家一如当年的克罗旭家，开始包围富有的寡妇。

有人说拿侬和克努瓦耶都在为侯爵帮忙，这真是再虚假不过。无论是高个子拿侬，还是克努瓦耶，都没有这么聪明，学得会人世的势利。

1833年9月于巴黎

（全文完）

第一辑书目

童年	复活
昆虫记	名人传
海底两万里	鲁滨逊漂流记
格列佛游记	爱的教育
培根随笔集	简·爱
汤姆·索亚历险记	欧也妮·葛朗台
巴黎圣母院	钢铁是怎样炼成的
绿山墙的安妮	爱丽丝漫游奇境
地心游记	在人间
我的大学	格兰特船长的儿女
边城	城南旧事
朝花夕拾·呐喊	呼兰河传
中华上下五千年	家
骆驼祥子	子夜
繁星·春水	山海经
史记	论语
诗经	呼啸山庄
雾都孤儿	莎士比亚戏剧集
漂亮朋友	古希腊神话与传说
傲慢与偏见	小王子
瓦尔登湖	双城记
三个火枪手	一千零一夜
汤姆叔叔的小屋	安妮日记
泰戈尔诗选	居里夫人自传
百万英镑	伊索寓言
老人与海	好兵帅克
契诃夫短篇小说精选	欧·亨利短篇小说精选
假如给我三天光明	人类群星闪耀时
高老头	沙乡年鉴
莫泊桑短篇小说精选	草原上的小木屋